光文社文庫

傑作時代小説

鷹の爪

おっとり聖四郎事件控(五)

井川香四郎

光　文　社

目次

第一話　いつわりの花　7
第二話　恋おぼろ　89
第三話　食いだおれ　167
第四話　鷹の爪　241

鷹の爪

おっとり聖四郎事件控(五)

第一話　いつわりの花

一

ひたひたと掘割《ほりわり》に水音が聞こえる。上げ潮になって、少し波が出て来た。

春の名残の桜の花びらが、水面に散っているが、闇の中ではごみにしか見えない。

辺《あた》りはすっかり暗くなってきて、ここ仙台堀《せんだいぼり》を通る荷舟の櫓《ろ》の軋《きし》みも聞こえない。

月もなく曇っているので漆黒《しっこく》の闇で、ぼんやりと辻灯籠《つじどうろう》がともっているが、かろうじて人影が見えるくらいだ。

庖丁人・乾聖四郎《いぬいせいしろう》が、花板として料理を任されている料亭『歳松《としまつ》』の厨房の格子窓から、仙台堀を挟んで向こう岸の商家の二階が見えた。

暗くなっても行灯《あんどん》もつけないで、松蔵《まつぞう》と岡っ引の弥七《やしち》が辺りを見張っている。誰を張り込んでいるのか知らないが、もう三日目の夜になるはずだ。

松蔵とは堺町《さかいちょう》の自身番大家である。聖四郎が、この一月《ひとつき》余り勤めている『歳松』の対面で張り込みを始めたのは、たまさかのことだが、松蔵の方も商家の二階に陣取ったときから、聖四郎のことに気づいたらしく、今日の昼間、飯を食いに立ち寄ったふりをして、

「抜け荷の探索をしている。もし、〝ろの字〟のついた黒い猪牙舟《ちょきぶね》を見かけたら、報《しら》せて下せえ」

ろの字とは、舟の舳先《へさき》についている文字で、持ち主を示すものだ。後の数字までは分からないらしい。ただ、仙台堀を通ることだけは調べ出していた。『歳松』が取り引きの場だと疑われているらしく、それゆえ丁度《ちょうど》見渡せる対岸から張っていたのだ。聖四郎は先代の主人の米八《よねはち》とは昔なじみで、よく知っていた。だから、きっぱりと否定したが、松蔵はそれでも怪しいと睨《にら》んでいて、聖四郎に念を押した。

「この捕り物のことは、本所廻《ほんじょまわ》りの近藤《こんどう》様もご承知のことでございやす。よろしく頼みやしたよ」

と一方的に押しつけるように言った。

北町奉行所に属する同心、近藤伊三郎《いさぶろう》のことである。松蔵は聖四郎が近藤とは今まで色々と事件に関わって、付かず離れず、微妙な繋《つな》がりがあるのを承知しての物言いだった。

本所廻りは本所深川《ふかがわ》の治安のみならず、橋梁《きょうりょう》や河川の普請《ふしん》や冥加金《みょうがきん》などの税の徴収にも携わっている。それに加えて、この界隈《かいわい》は本所三笠《みかさ》町など、ならず者や凶状持ちが巣くっているからか、近藤はかなりの強面《こわもて》だった。黒羽織を着ないで、十手《じって》を持っていなければ、やくざ者と間違われるほどの顔つきだ。

仙台堀は深川木場《きば》町を経て、佐賀《さが》町上之橋《かみのはし》から大川《おおかわ》に流れてゆく、江戸の物資輸送の要《かなめ》である。仙台《せんだい》藩主松平《まつだいら》陸奥守《むつのかみ》の蔵屋敷があるので、その名がついた。

初めは、この仙台藩が抜け荷の指揮を取っているのではないかと疑われたが、まったくの事実無根。町奉行所から連絡を受けて、不審者の洗い出しに協力しているほどである。

川幅は六間《けん》足らずだが、朝霧が深かったり、強い雨が降ったりすれば、途端に対岸が見えなくなる。海に近いせいもあって、突如、風がもわっと乳白色に霞むこともある。そんな中で見落としてはならぬと、松蔵は目を凝《こ》らして獲物が現れるのを待っていた。

実は数日前、松蔵の自身番に投げ文がされていた。それには、

『この数日のうちに、仙台堀、歳松近くの船着き場にて、荷を下ろす』

とあったが、差出人の名はなかった。

既に半年近く、この探索のために数々の手を打ってきている。抜け荷の一味と思われる『紀州屋《きしゆうや》』という廻船問屋にも、岡っ引を潜入させていた。様々な秘密の報せが飛び込んで来ていたが、取り引き場所を鑑《かんが》みて、松蔵は信憑性《しんぴようせい》のあるものだと判断したのだ。

聖四郎が『歳松』に出向いて料理を作っているのには、ちょっとした訳があった。先代『歳松』の主人・米八は、聖四郎が諸国を旅していた頃に、同じく庖丁修業をしていて、越後《えちご》の小さな漁師町で出会ったのだった。歳は、聖四郎より一回り以上も上だったが、江戸で料亭として生き残るために、新しい食材や調理法を探究していたのだった。

聖四郎は、四条《しじよう》流の流れを汲《く》む備前宝楽《びぜんほうらく》流料理本家の嫡男《ちやくなん》とは名乗っていなかったが、庖丁式で培《つちか》ったその腕前を見て、米八は弟子入りをしたいと申し出てきたのである。聖四郎は古式ゆかしい庖丁道はともかく、美食を追求する米八のあくなき熱意にほだされて、生意気だとは思ったが、自分なりの料理法を開襟《かいきん》するように教えた。

それが縁で、たまに顔を合わせていたが、つい先日、急な病《やまい》で米八は亡くなった。その今際《いまわ》の際《きわ》に、

『駒吉《こまきち》は、まだまだナマクラだ……しばらく鍛えてやってくれるよう、乾聖四郎に頼んでくれ』

と息子のことを板前頭に遺言した。

聖四郎はその思いに応えたのである。

庖丁に関してはたしかに教えたが、米八からは、『よいか』と己の心に呼びかけろという料理人の心得を、逆に教えられた。

『よいか』とは、欲張るな、怒《いか》るな、賢《かしこ》ぶるなという戒《いまし》めの頭文字である。向上心はよいことだ。しかし、人間は少しでもいいものを食べようとか着ようとか贅沢を始める。それが欲だ。

食材や金に糸目をつけずに、贅沢な料理を作ろうとしてはならぬ。客に不味《まず》いと言われたり、同業者である料理人に非難されても、怒りに任せて憤慨してはならぬ、他人は皆師匠だと思え。そして、自分をよく見せようとすると、自《おの》ずと賢ぶる。賢ぶると自分が偉いと感違いして愚痴ばかりが出てくる。愚痴が何かを向上させたためしはない。

そんな人生訓を、聖四郎は米八から学んでいた。だから、出張料理しかしない聖四郎だが、少しでも米八への恩返しになるよう、跡継ぎの役に立ちたかったのである。

しかし、聖四郎の接した限りでは、息子の駒吉は料理人という前に、人としての修業が不足していると感じられた。まだ、十八だから無理もないが、その歳ならば、煮方を任されている料理人もいよう。大体、挨拶や返事がなっていない。庖丁扱いも料理の基礎もいい加減なのは、あらゆることに対する姿勢が何ひとつなっていないからだ。

――米八さんも、駒吉には甘かったとみえる。

聖四郎はそう感じながら、厨房の片隅で、菜切《なき》りをしている駒吉をちらりと見た。菜切りは料理の基礎の基礎である。それすら、なっていない。

駒吉の左手は、幼い頃に火傷《やけど》でもしたのであろうか、ドス黒く変色しているが、不自由ではない。なのに、のらくらしている。気が入っていない証《あかし》だ。しばらくは黙って見ているつもりだったが、さすがに口を出そうとした時、

ドカドカ、ドカン――！

と、舟が掘割の石垣にぶつかる音がした。ザブンという激しい波音も聞こえた。

驚いて振り向いた聖四郎の目に、黒い小舟が船着き場に斜めに突き刺さるように停まっているのが見えた。同時に、対岸の商家の二階を見ると、既に階段を駆け降

りはじめた松蔵たちの背中がちらりと見えた。

余りにも大きな音だったので、『歳松』の料理人たちも手を止めて、格子窓や裏口から外を覗いていた。

「こら、持ち場を離れるな」

と聖四郎が思わず強い声で振り返ると、なぜか駒吉だけは外の騒ぎを気にする様子もなく、淡々と菜切りを続けていた。聖四郎はその揺るぎなさを逆に不自然に感じたが、

「みんな、駒吉を見習えッ。たとえ地震が起こっても、ああして泰然《たいぜん》と自分のするべき事に没頭することが、立派な料理人になるためには必要なんだ」

そう言っても、駒吉はまるで素知らぬ顔で仕事を続けていた。

「た、た……大変だア！」

だが船着き場で起こった叫び声に、さすがに駒吉も仰天《ぎょうてん》したようで、菜切り庖丁を手放して、一気に飛び出していった。

「おまえたちは、続けろ」

と他の料理人を制してから、聖四郎は駒吉を追った。

すぐ目の前が仙台堀である。灯籠の明かりが川面《かわも》に揺らめいており、対岸の船着

き場には、提灯《ちょうちん》を掲げた松蔵と弥七の他に、捕方《とりかた》が数人駆けつけて来ていた。ぶつかった音が激しかったので、商家の者や近所の者たちも来ている。

こちらからは、はっきり見えないが、何か異変が起こったようである。

「どうした、駒吉」

と聖四郎はさりげなく訊いた。

「え？」

「荷舟が船着き場にぶつかっただけじゃないか。そんなに気になるのか」

「別に……あんただって、見に来たじゃねえか」

と駒吉が踵《きびす》を返して、店に戻るのへ、聖四郎は追うように、

「おい。師匠に向かって、あんたはないだろう。もっと言い方があるのではないか？」

「別に俺が頼んだわけでもねえし……」

駒吉は鼻で笑い、厨房に入って行った。

聖四郎が溜息を洩らして見送っていると、背中から声がかかった。松蔵である。

「聖四郎の旦那。ちょっと来てくんねえか」

「一体、何があったんだ」

「いいから、ちょいと」

「これから、座敷があるんだ。手が離せないんだがな」

「ちょっとだけでいいんですよ。顔を改めて貰《もら》いたいンで」

「……」

聖四郎は他の板前にするべきことを頼んでから、数間ばかり離れた所にある橋を急ぎ足で渡った。何だか苦いものが胸に広がっていく。少し前までは心地よく聞こえていた水音が、不安を駆り立てるものになっている。

御用提灯がずらりと並んでいる船着き場は、まるで祭り櫓《やぐら》のように煌々《こうこう》と照らされていた。船着き場に激突した黒い荷舟には、船頭らしき男と女が、まるで心中死体のように手足を結び合って転がっていた。

松蔵は、十手《じって》で女の方の顔の向きを変えて聖四郎に見せた。聖四郎の知らない顔だった。

「この女は、おきよという娘で、俺が張ってた廻船問屋『紀州屋』の下女でさ……恐らく投げ文をしたのも、この娘。俺が色々と頼んだばっかりに、抜け荷一味に眼をつけられたようだ……申し訳ねえ」

と松蔵は瞑目《めいもく》してから、男の方を指して、

「旦那には、見覚えがあるんじゃありやせんか？」

聖四郎はじっと見てみたが、これまたはっきりとは記憶になかった。

「そんなことありやせんでしょ？　こいつは、この舟を操っていた船頭で、普段はちゃんとした仕事をしてたんだ。この船着き場で荷を下ろして、人足《にんそく》に蔵屋敷や問屋などに運ばせてから、『歳松』に通って昼餉《ひるげ》を取ってたんでやすぜ」

「昼餉……と言われても、俺は一々、座敷や店の方には顔を出さぬのでな」

「でも、駒吉と会ってたのを、見たことくらいあるでしょう」

「そう言えば……」

「あるはずですよ。向かいの商家の二階からだって見えてたんですからねえ。旦那……ちょっくら面倒なことになってきやしたぜ。いや、俺は別に何も旦那のことは疑ってやせんが、近藤の旦那がねえ……へえ……」

と眉をひそめる松蔵の顔が、提灯の明かりに浮かんで妙に不気味にてかっていた。

二

舟で見つかった男女の心中もどきの死体は、すぐさま検死され、身元がはっきりした。船頭は、この舟の持ち主である『川甚《かわじん》』に雇われている宇佐吉《うさきち》という四十がらみの男で、女は廻船問屋『紀州屋』で下働きをしていたおきよという娘だった。

だが、この二人の背景にどういう人間がいたのかは、まったく分からないまま、数日が過ぎた。心中に仕立てられているが、いかにもお粗末な手で、まるで奉行所を嘲笑《あざわら》っているかのように感じられた。

この日も、本所廻り同心・近藤伊三郎は、松蔵に伴われて『紀州屋』を訪ねて来た。この数日で三度目のことである。

『紀州屋』は名のとおり、八代将軍吉宗《よしむね》公が江戸に入った頃に一緒に紀州からやって来て、公儀御用達《ごようたし》となった老舗《しにせ》であるが、近頃は新興の廻船問屋に押されて、取り引きを縮小しているという。

とはいえ、店先は大八車が幾台も置かれ、裏に接している江戸湾沖に停泊している廻船に荷を運ぶ大小の艀《はしけ》には、人足たちが頻繁に出入りしていた。

主人は組合の寄合《よりあい》のため留守で、番頭や手代《てだい》が忙しいせいか、近藤への対応に出てきたのは、内儀《ないぎ》の千代《ちよ》だった。

「ほう……初めて会うが、北町奉行所本所廻りの近藤という者だ」

と近藤は十手をさりげなく出して、帳場脇に腰を下ろした。ほう、と溜息をついたのは、若くて美しいからに他ならない。主人の甲右衛門《こうえもん》は五十を超した鬢《びん》も髷《まげ》も真っ白な男である。しかも、大店《おおだな》の主《あるじ》にありがちな恰幅《かっぷく》のよさがなく、頼りなさそうなのに、娘ほどの女房を貰うとは、あっちの方はさぞや元気なのであろうと下《げ》種《す》の勘ぐりをした。

そんな近藤の嫌らしい目つきを感じてか、

「後妻でございます」

と千代の方から答えた。

「言われなくとも分かるよ。いつ一緒になったのだ？」

「かれこれ三年になります」

「そうかい……どこで知り合ったのだ？」

「探索に関わりがあるのでしょうか」

「ないとは言えめえ。この店の下女が殺されたんだ。ああ、殺しだよ。あれは心中に見せかけた殺しだ。しかも、抜け荷と関わりある節《ふし》があるから厄介《やっかい》だ。つまり、口封じに殺されたってことだ」

「そうなのですか？」

「その疑いがあるから調べてる」

「でも、うちは……」

「この店で抜け荷をしてるとは言ってねえ。だが、町方が追っていた船頭が死に、奉行所に投げ文をしたと思われるおきよも……だから、内儀《おかみ》さん、あんたにも話をじっくり聞きてえ」

番頭や手代への〝聞き込み〟は既に済んでいる。千代は了承して頷《うなず》いたが、綺麗なうなじや匂い立つような艶《つや》っぽさに、近藤は喉を鳴らした。

千代は男たちから、そのような好色な目つきで見られるのも慣れているようだった。

「三年前と言ったな。誰かが取り持った縁なのかい？」

「隠すことは何もありませんが、ここでは店の者たちの仕事の邪魔になりますので、どうぞ奥へいらして下さい」

公儀御用達の大看板の割には質素な暮らしぶりだった。

襖絵《ふすまえ》や屏風《びょうぶ》などは古くからのものを使っているし、畳も日焼けしているままだ。廊下や柱は丁寧に磨かれて、艶々《つやつや》しているものの、決して贅沢な家具調度品は置かれていなかった。中庭も狭い。ただ、丁寧に掃き清められてはいた。

千代は火鉢で沸かしておいた湯で、手早く茶を入れて差し出すと、

「私は、後妻に入る前は、品川宿《しながわじゅく》で飯盛り女をしておりました」

と屈託なく言ったので、近藤は飲みかけた熱い茶を噴き出しそうになった。

「近藤の旦那は来たことがありませんか？『恵比寿楼《えびすろう》』という宿場ではちょっとした宿で、大山詣《おおやまもうで》や川崎大師《かわさきだいし》参拝の精進落《しょうじんお》としに来てくれる人が多いのですよ」

「そうかい。恵比寿楼なら聞いたことがあるぜ」

「ありがとうございます」

と千代はまるで客に接するように三つ指をついて頭を下げた。

「よしねえ」

「でも、よかった……旦那がお客だったら、とても恥ずかしくて困ったと思います」

「そんな一々、覚えちゃいめえ」

「不思議ですねえ。どの人も覚えているものでございますよ。良い人も嫌な人も」

「そんなもんかね」

「――はい」

今度は観音のような微笑《ほほえ》みを湛《たた》えている千代という女が不思議に思えてきた。まだ二十五、六の女盛りだが、苦労した年増のような余裕がある。いや、苦労したからこそ、物事に動じない余裕が身についたのかもしれぬ。

「じゃ、主人の甲右衛門とは客として会って、それから深い仲になって、身請《みう》けをしてくれたってわけだな」

「会ったその日のことでございます」

「ほう……」

「亡くなった奥方の七回忌の法要を済ませた帰り、大雨になって、宿に入ってきたのが縁でした。はい。その日のうちに、身請けをしたいからと為替《かわせ》で金を送らせて、翌日には身ひとつでいいから来いと、この店に連れ帰ってくれたのです」

「しかし、おまえの方だって誰でもよかったわけじゃねえだろう。それだけの器量だ。引く手あまただったたと思うがな」

近藤は納得できないというように首を傾《かし》げたが、初対面の人に引かれることは、千代にとっては少しも不安なことではなかった。

「そりゃ、またどうしてだい」

「こんな事を言ってはなんですが……一目見れば、男の人の器量は分かります」

「ふうん。じゃ、俺はどうだい」

「まあ、並ですね」

「なんだ、並かい……情けねえ限りだな」

「そんなことはありませんよ」

と千代はまるで、客あしらいをしている遊女のような顔つきになってきた。身についた仕草はなかなか取れないのか、それとも生まれ持った情欲があるのか、近藤には計りかねた。

「並は、いい方ですのよ、旦那……殿方《とのがた》は、女の十三階段といって、こんなことを言ってからかいます」

「ん？」

「佳人、麗人、美人、よい、並上、並々、並下、ぶす、恐怖、怪奇、吐き気、下呂、死……あまりに酷《ひど》いたとえじゃありませんか？ でも、これは殿方にも言えることなんです。見かけのことじゃありませんよ。心の中のことなんです」

と胸を軽く叩いた。

「では、『紀州屋』の旦那はさしずめ……」

「並上ですね。出世の欲があるわけじゃなし、かといって卑下《ひげ》するわけじゃなし、人を羨《うらや》むこともなく、適度に人生を楽しんで暮らしています。そんな人の女房ならば、私も幸せになれるかと思いました」

「で、そのとおりというわけかい」

「不満は何ひとつありません」

「面白いことを言いやがる。ハハ、内儀……俺はおまえさんの贔屓《ひいき》になりそうだぜ。もっとも、もう抱くこともできめえがな」

「残念ながら……」

と、華やかな微笑みを返すのへ、近藤は真顔に戻って、

「飯盛り女になる前は、どこでどうしてた」

「は？」

「よほど酷い親だったんだろうな」

と近藤は尋ねたが、そのことについては、あまり答えたくないというふうに俯《うつむ》いた。飯盛り女だったと屈託なく語る割には、それより昔の話を避けたいのは、

——何かある。

と勘ぐらざるを得なかった。近藤も海千山千の輩《やから》を扱って来た。千代の狙いが何かはまだ分からないが、一筋縄ではいかぬ女だろうとひしひしと感じていた。

——洗いざらい調べてみなけりゃなるめえな。

そう心に決めた近藤だった。

三

今宵《こよい》も『歳松』の二階座敷は盛況だった。

仙台堀川沿いには蔵屋敷や土蔵、商家や武家の別邸などが並ぶくらいで、浅草《あさくさ》や両国《りょうごく》広小路のような賑《にぎ》わいはない。夜になると辻斬りが出るのではないかと思えるくらいに、人通りが減って寂しくなる。

そんな場所柄でも、客が遠路足を運んでくれるのは、米八が築いた『歳松』の味に浸りたいという思いがあるからだ。米八の作り出した料理は、素朴だがコシの強い、食材本来の風味や滋養を大切にした、舌に心地よいものであった。ゆえに、見《み》場《ば》に京懐石のような華やぎはない。坂東《ばんどう》の木訥《ぼくとつ》とした趣《おもむき》がある。

聖四郎は米八の味を忠実に再現している訳ではない。備前宝楽流の武家風だが、花板を任された限りには、京料理のはんなりとした〝作られた美〟を感じさせながら、自然との融和をはかっている。

もちろん、聖四郎が手伝いに来ていることは、客にも世間にも黙っている。隠しているわけではないが、わざわざ宣伝はしないというところか。乾聖四郎といえば、幕閣や諸大名、豪商はもちろん、市井《しせい》の者にも知れ渡った名庖丁人である。父とは好敵手だった将軍家料理番・四条兼祢良《かねよし》と並び称せられるほどになっている。

もっとも、聖四郎も乾家の嫡男。幕府から旗本の待遇を受け、名字帯刀《みようじたいとう》も許されているが、市井にあって自由気儘《きまま》に己が庖丁道を究めようとしていた。そのひとつが〝出張料理〟である。

——料理で人を活《い》かす。

というのを信条に、日々、切磋琢磨《せつさたくま》しているのだ。『歳松』で、駒吉に父親の味を受け継がせるために教えているのも、その一環といえる。教えるとは二度学ぶことだという。聖四郎にとっても修業になっていた。

今宵は、女連れの商家の旦那衆の集まりである。ならば、味わいや舌ざわりも、仄《ほの》かに柔らかい方がよかろうと、〝桜鯛《さくらだい》〟による鯛づくしにしようと、駒吉に相談した。〝桜鯛〟とは桜の季節の前後に、真子《まこ》を抱いた雌の鯛のことである。

「どうだ、駒吉。いい鯛が入ったか？」

聖四郎は声をかけたが、駒吉は上の空で、人の話を聞いていない。特に何かをしているわけでもない。ただ、ぼうっとしていて、張りがないのだ。料理に対しても、生きることに対しても、なんとなくダレている。

「駒吉さん。聖四郎さんが話しかけてるじゃないですか」

と板前たちが声をかけても、そうかいとだけ言って、反発するような目で睨み返すだけだった。

「目つきだけは、一丁前に鋭いンだな。こんな調子じゃ、親父さんを抜くことなんざ、到底、無理だな」

「別に抜こうなんて思ってねえよ」

「なんだと？」

「俺は別に料理なんざ好きでも何でもねえんだ。ふん……」

とゴツゴツした手を差し出して、「見てみろよ、この手。ぶきっちょでよ、庖丁だって、さして上手《うま》く扱えねえ。でもって、肝心の舌も、旨《うま》いのか不味いのかよく分からねえ。土台、料理人なんかになれっこねえんだよ」

「親父さんは見込みがあると言ってたぞ」

「この俺が？」

「ああ」

「そりゃ、世辞《せじ》だろ、世辞」

「世辞？」

「ああ。さっきから、親父親父とうるせえが、俺と親父が……」

と嫌な目つきになって、「血の繋がりなんぞねえってこと、あんたも知ってるだろ？」

「知ってるよ。おまえが、この店の子になったのは、つい二年程前のことだ。まだ十五か六……死に損なった親父さんを助けて、そのまま養子にして貰ったんじゃないのか」

「よく知ってるじゃねえか」

「だったら、生みの親より有り難い人じゃないか。縁もゆかりもないおまえを、こうして一人前にしてくれようとしてる。精一杯修業して、いい料理人になるのが、恩返しってもんじゃないのか」

「聞いたふうなことを……」

と言いながら、駒吉は傍《かたわ》らにあった蕗《ふき》をさりげなく嚙んで、

「俺が養子になったのは、この店の身代《しんだい》が欲しかっただけだ。こんなに板前がいるんだ。料理は、親父の味だろうが何だろうが、好きにやってくれりゃいい。俺は面白おかしく暮らせればそれでいいんだよ」

「そうかい。だったら、辞めりゃいい」

「ああ。そうさせて貰う」

「今すぐ荷物をまとめて店を出て行け。料理人になる気がないなら、『歳松』を継ぐことはできないからな」

「余所者《よそもの》が勝手なご託を……」

「並べるぞ。嘘だと思うなら、小伝馬町《こでんま》の公事宿《くじやど》『大野屋《おおのや》』に行ってみることだな。おまえが身代を継げるのは、俺が料理人として認めることが条件になっている」

「なんだと……」

公事宿は訴訟をする代理人である公事師を擁する所である。今でいう弁護士事務所だが、公証役場の役目も果たしていた。財産や身分に関しては、家長がすべてを差配《さはい》していた時代だが、遺言などが悪用されるのを防ぐために証文《しょうもん》を預けていたのである。

「よいか、駒吉。俺は、米八さんから、おまえの後見を頼まれているのだ」

「………」

「自分勝手なことが通用すると思うのは大間違いだ。おまえがどういう暮らしをして来たか、俺は知らぬが、どうして米八さんが養子にしたかという訳だけは聞いている……おまえに、料理を通して、まっとうになって貰いたかったからだ」

「なんだよ、それは……血の繋がりもねえのに、なんで、そんなことを……」

「簡単な話だ。おまえが米八さんの命の恩人だからだ。その意味はおまえも分かってるんだろう？」

と聖四郎はそれ以上のことは言わなかったが、念を押すように、「いいな。死んだ米八さんが草葉《くさば》の陰《かげ》で泣くような真似はするな。よく考えてみろ」

「ふん……」

と駒吉は左腕で、先程からじんわり出ている冷や汗を拭《ぬぐ》った。聖四郎はその手にある火傷の痕を見て、

「それは、いつ頃、やったんだ」

「知るか」

「俺も赤ん坊の時に背中に熱湯を浴びたことがあってな……」

「関わりねえこと言うなッ」

駒吉はまた傍らの蕗を腹立たしげに齧《かじ》ってから、厨房の片隅をすり抜けて、そのまま裏口へ行こうとした。聖四郎はその腕を摑んで、

「おまえ……さっきも蕗を齧ったのに、何ンともない顔をしてたが、どういうことだ」

「………」

「蕗はかなり〝えぐみ〟があるはずだ。灰汁《あく》抜きもしてないものを齧って、よく平気だな。普通なら吐きたくなるはずだ……おまえ、もしかしたら、舌がダメになってるんじゃないのか？　まさか……阿片《あへん》なんぞ、やってるんじゃあるまいな」

「そ、そんなことはねえよ」

明らかに動揺した顔で聖四郎の腕を振り払うと、そのまま駆けて出て行った。

——図星《ずぼし》かもしれぬ。

と聖四郎は思った。松蔵が言っていたように、殺された船頭がちょくちょく『歳松』まで、駒吉を訪ねて来ていたのは、扱った抜け荷の中から阿片か何かを持ち込んでいたからではないかと疑ったのだ。

「清《せい》さん。鯛の刺身にする皮霜作《かわしもづく》りは分かってるよな。つまにする独活《うど》と浜防風《はまぼうふう》もきちんと頼むぜ。あら炊きと潮汁《うしおじる》、揚げ物と椀物、鯛飯、すべて任せるから。ちょいと俺は……」

聖四郎が声をかけると、清さんと呼ばれた板前は大きく頷いてから、

「あっしも駒吉さんのことは案じておりやす。どうか、よろしゅう」

と頭を下げた。

米八から恩義を受けて〝小僧〟の時から修業した苦労人のぬくもりがある。聖四郎はありがとうと言って、駒吉を尾《つ》けた。

表に出ると、既に姿を晦《くら》ましていたが、行き先は見当がついている。

駒吉は、米八の養子になる前は、洲崎《すさき》の安五郎《やすごろう》という口入れ屋に世話になっていた。口入れ屋というのは暖簾《のれん》ばかりで、人足の周旋《あっせん》などはしているものの、実際は渡世人稼業をしているも同じであった。

厄介なのが、北町奉行所の同心から十手も預かっていることだ。それをよいことに、密《ひそ》かにある旅籠《はたご》を使って、賭場《とば》を開帳している。お上《かみ》の方でも気づいてはいるようだが、深川という場所柄のせいか、厳しくするのも差し控えている節がある。

本所廻りの近藤に言わせれば、

「賭場にはいろいろと脛《すね》に傷を持つ者が現れる。咎人《とがにん》を捕らえる〝鳥もち〟みたいなもんだ。まさに、もちつもたれつなんだよ」

ということらしい。

『歳松』から仙台堀を渡り、富ケ岡八幡宮《とみがおかはちまんぐう》の方へ向かった所に小さな竹林があって、それに覆われるように、聖四郎が目指す旅籠はあった。まるで雀《すずめ》のお宿だ。

月はぼんやり出ているが、足下は暗い。竹藪に入ると切り株があるから、気をつけないとすぐ踝《くるぶし》を切る。聖四郎が急ぎ足で行くと、ようやく数間先に駒吉の後ろ姿が見えた。随分と通い慣れた道らしく、切り株なんぞまったく気にしていない。

旅籠は『竹乃屋《たけのや》』という名で、その軒提灯の下を潜《くぐ》るようにして入ると、「若旦那、お待ちしておりやした」「おう駒吉、どうでえ塩梅《あんばい》は」などと番頭や手代風の男たちに声をかけられている。

聖四郎も構わずそのまま、宿に向かおうとすると、今一人、横手の脇道から頭巾《ずきん》を被った女が少し内股気味に、ゆっくりと歩いて来た。暗いのに提灯も持っていないので、妙だなと見やっていると、

「これは、お内儀……いらっしゃいやし」

威勢のいい男衆の声がかかって、丁寧な応対で奥へ案内していった。

――なんだ？　ここでは、女も賭け事ができるのか？

と、聖四郎が不思議に思って首を傾げたとき、すぐ近くの竹藪の中でガサッと音がした。

誰だと問いかける前に、向こうから、ひょっこりと顔を出して、

「聖四郎の旦那。あっしですよ」

頬被《ほおかむ》りを取ると松蔵だった。

「……おまえまで被りものなんか。この宿で、盗みの話し合いでもするのか」

「ま、当たらずとも遠からずですかね」

「どういうことだ」

「旦那が尾けて来たのは、『蕨松』の跡取り息子でやすよね」

「そうだが？」

「今入った女は、『紀州屋』の後妻です」

「抜け荷の疑いがある、あの廻船問屋のか」

「へえ、さようで」

「その二人に何か関わりでもあるのか？」

「あっしにも分かりやせん。でも、今宵の月は……」

と、薄っすらと浮かんだ上弦《じょうげん》の月を見上げて、松蔵はにやりと笑った。

「人を誘ってるようでやすね」

四

聖四郎が案内された旅籠の中は蠟燭《ろうそく》の明かりも乏《とぼ》しく、そこかしこに縄が張ってあって、自由に廊下や離れなどに出入りできないようにしてあった。縄には鈴がついている。お上の〝手入れ〟などに備えたものと思われた。

松蔵は表にいて、他に出入りする人間の顔を確認するという。抜け荷の一味が関わっている宿と睨んでいるようだ。

奥に通された聖四郎の目に、何処《どこ》にでもありそうな賭場の風景が飛び込んできた。丁半賭博に花札賭博、見慣れない双六《すごろく》賭博や矢場のように短い矢で的に当てる賭け事などもされていた。

客筋は悪くない。大店《おおだな》の旦那風や中には武家もいて、結構賑わっている。藍《あい》色の半纏《はんてん》を着た手代風の男たちが見回っているが、みな洲崎の安五郎の子分たちであろう。いずれも癖のある顔をしていた。

駒吉が興じている花札賭博の席に、聖四郎も腰を下ろした。駒吉は迷惑そうな顔を向けたが、さりげなく帳場にいる安五郎を見ながら、

「胴元、この乾聖四郎さんに、俺から駒札を五両分ばかり差し上げてくんねえ」

と一端《いっぱし》の渡世人の口調で言った。

「――乾聖四郎……おお、あの江戸城での〝御膳試合〟で、上様の料理番、四条兼祢良を打ち負かしたという……」

安五郎は大仰《おおぎょう》に驚いてみせ、聖四郎の所へ駒札を持って近づいて来ると、

「これはこれは。本所廻りの近藤様からも、色々と聞いておりやすよ。噂に違《たが》わぬ色男で堂々としておりやすな。女の方から靡《なび》くのもよく分かる。あっちの方もお盛んなら、ヤットウの方も直心影流《じきしんかげ》の免許皆伝。お武家様顔負けの腕前だとか」

と刀を打ち込む真似をした。聖四郎は駒札を返して、

「俺は博打はやらぬ。駒吉を連れ戻しに来ただけだ。今日は、米八の大事な客が待っているのでな、駒吉に腕をふるって貰わなきゃ困るのだ」

聖四郎が物静かに言うと、駒吉はここは自分の縄張りとばかりに大きな態度になって、威嚇《いかく》するように、

「てめえが、辞めたきゃ辞めろと言ったンじゃねえのか、えッ」

「俺が辞めろって言ったから辞めるのか」

「ああ。そうだよ」

「だったら、帰って飯でも炊け」

「なんだと」

「俺の言われたとおりにするのであろう?」

「うるせえ。がたがた言わねえで帰《けえ》れ」

「何でも人のせいか」

「悪いか」

「ああ、悪いな。てめえの頭で考えて、てめえで事を為《な》せ。いいか、こんなロクでもない奴らとつるんでるから、おまえもそんなふうなんだ。朱に交われば赤くなると言ってな、付き合う奴を選んだ方がいいぞ」

「なんだとッ」

とムキになる駒吉の肩を押さえて、すっと立ち上がったのは安五郎の方だった。

「乾聖四郎さんよ……」

少し奥目の眼の底に、得《え》も言われぬ恐怖を誘う、ギラついた鈍い光を宿している。安五郎がいかに多くの修羅場《しゅらば》を潜ってきたかが、よく分かる目だ。

「こんなロクでもねえ奴らってのは、俺たちのことですかい？」

「そうだよ」

「ふーん……」

安五郎は腰に差している十手の房をさりげなく指先で撫でながら、「この洲崎の安五郎。お上から御用を預かってる身なンだ。俺をろくでなし呼ばわりするとは、お上をもバカにするってことですかい？」

精一杯、丁寧な口調で言っているつもりなのであろうが、目尻がピクピクと震えているのが分かる。聖四郎とて、かような輩《やから》は慣れていた。痛い目に遭っても分からない〝骨のある〟連中だ。だから、大概のことは話しても分からない。バカは死ななきゃ治らないというが、その類《たぐい》の人間もまたいるのである。

しかし、駒吉は違う。しかも、まだ若い。何が駒吉をずるずると悪い方に滑らせてきたのか知らないが、咄嗟《とっさ》に取った行いこそが、その人間の本性である。米八はそれを信じていたのだ。

米八はある朝、〝朝千両〟と呼ばれる日本橋《にほんばし》の魚河岸から、その日の食材を買って店に帰る途中だった。

数年来、患《わずら》っていた膝の痛みが酷くなって、小石にけつまずいて転んでしまった。たまたま急な坂道で、折悪しく、大八車が勢いを増して突っ走って来た。車止めが外れたのか、人足の姿はなかった。

――ああ、もうだめだ。

と思ったとき、一人の男の子が飛び出して来て、自分の体を大八車の車輪にぶつけるようにして止めた。その子が駒吉だった。

駒吉は足をくじく程度で済んだが、下手をすれば足や背中の骨が折れる大怪我を

していたかもしれない。だが、駒吉は事もなげに、

「大したことはねえよ。それより、おっさんの頭が割れてたかもしれねえぜ」

と言った。

その屈託《くったく》のない駒吉の笑みを見て、米八は思わず、十一歳で亡くした息子の文太《ぶんた》のことを思い出した。一粒種《ひとつぶだね》だった。今のように大八車の暴走に遭い、弾き飛ばされて、橋の欄干《らんかん》で頭を打って死んでしまったのだ。一瞬の出来事に、周りにいた者たちは何も出来なかった。

御定書《おさだめがき》百箇条によって、その大八車の人足たちは、今でいう〝過失〟でも極刑に処せられる。

だが、彼らは文太を助けようと奔走《ほんそう》してくれた。だから、吟味《ぎんみ》の白洲では、人足たちの命だけは助けてくれと、米八は精一杯嘆願した。そのお陰で、人足たちは遠《えん》島《とう》で済んだ。

人の命を奪うとはかくも過酷な罪であり、その罪は一生背負って生きねばならぬのである。

米八が歳を訊くと、駒吉は十五だという。息子が生きていれば丁度同じ歳だ。似たような事故で亡くなった息子が、父親だけはと助けてくれたのではないか。米八

はそう感じて、身寄りがなくて、宿無し同然にうろうろしていた駒吉を、自分の息子として引き取ったのである。十二の頃から、盗みや騙《かた》りをしては、奉行所や人足寄場を出入りしていた哀れな子だったのだ。

「駒吉……」

と、聖四郎は安五郎を盾にして帰ろうとしない駒吉に諄々《じゅんじゅん》と言った。

「おまえには、米八の恩義に報いようという気はないのか？　ちょいとばかり金を持ったからといって、こんな所に出入りして、こんな奴らとつきあってちゃ、人生を台無しにしてしまうぜ」

「やろう。嘗《な》めた口をききやがって！」

安五郎が怒鳴った途端、藍色の半纏たちが地金《じがね》を剝《む》き出しにして、聖四郎に殴りかかってきた。

が、素早く避《よ》けながら、容赦なく顔面に拳《こぶし》を叩きつける聖四郎を見て、駒吉はあっと驚いて逃げ腰になった。

「ふざけたまねをしやがって！」

と匕首《あいくち》を抜き払った子分たちは、黙って帰してなるものかと聖四郎の腹をめがけて、つつかかってきた。

ブスリと刺さったのは、聖四郎が避けたがために的になってしまった別の子分の胸だった。

刺された男は、悲鳴を上げながら転がり、賭場が一瞬にして鮮血で染まった。

「見ろ、駒吉。おまえが慕《した》ってる奴らは、所詮《しょせん》はこんな事しかできねえんだ。分かるか。てめえの親父が……ああ、血は繋がらなくとも親父じゃねえか。その米八が大切にしている刃物を、こいつらは人殺しに使いやがる。どうだ。こんな奴らと仲良くしたいのか」

駒吉は目の前で繰り広げられる惨状を怖いと思ったのか、その場から逃げようとしたが、いつの間に来ていたのか、松蔵がバッと飛びかかって腕をねじ上げた。

「性懲《しょうこ》りもなく。来やがれい！」

その顔を見た安五郎は、一瞬にして、堺町の自身番大家の松蔵だと分かったようだ。

「おう、堺町の……なんで縄張り違《ちげ》えの深川界隈におまえがのこのこ来てやがんだ」

と安五郎が敵意を剝き出しに言ったが、松蔵はあえて抜け荷の探索とは言わなかった。安五郎が関わっている節がある限り、下手《へた》に勘ぐられては、肝心な者たちに逃げられる恐れがあるからである。

「十手を預かるおまえが、こんな賭場を開帳してるとは……それだけで、江戸から追放されると思うがな」

「黙れ。奉行所も承知の上よ」

そう言ったとき、近藤も後から入って来て、

「奉行所が何だって？」

と問いかける仕草で、安五郎に近づいた。しかも履物をはいたままである。近藤はその辺りにあるサイコロや花札を蹴散らして、

「奉行所の誰が承知してるんだ、エッ!?」

「だ、旦那……そりゃねえでしょ。旦那だって、俺から袖の下を……」

「知らねえなあ」

「き、汚ねえ……汚ねえじゃありやせんか、近藤様！」

「黙って十手を返せ。おまえに御用札を預けたのが間違いだった」

「な、なんだと!?」

「それとも、奉行所へ行って、洗いざらい吐くか」

「洗いざらいって……な、何のことです」

「それは、詮議所に来てのお楽しみってとこだ」

「何の話か知らねえが御免被《ごめんこうむ》るぜ！」

と居直ったので、近藤は刀を抜き払い様、ビシッと肩を斬りつけた。

「決まってるじゃねえか、安五郎。船頭の宇佐吉殺しについて訊きたいンだよ。来やがれ！　そして、駒吉！　おまえもな！」

近藤が声を張り上げると、捕方たちが十数人乗り込んで来て、あっという間に二人を縛り上げた。心中に見せかけて殺した事件の下手人《げしゅにん》は安五郎だと見抜いて、それをキッカケに抜け荷の一件を引きずり出すつもりなのだ。

「やめろ！　放せ！」

と抗《あらが》う駒吉を捕方たちが連れ去ろうとしたその時である。

「お待ち下さい。お許し下さいまし」

悲痛な声で叫びながら、廊下から入って来たのは、千代だった。

「その子は何も知りません。関わりありません。どうか、お放し下さい！」

「これはこれは……」

と近藤は嘗めるような目で見やった。

「廻船問屋『紀州屋』の内儀さんが、かような所に出入りしているとは、これまた面妖な……しかも、駒吉みてえな三下を庇《かば》うとは、一体、どういうことかな。まあ、丁度よい。『紀州屋』にも用事があったのでな。内儀さん……いや、その他、出入りしている商家の旦那方も、奉行所まで付き合って貰いますぜ」

　凄《すご》むように言う近藤に、誰もが黙って従うしかなかった。

　聖四郎は、懸命に駒吉を庇った千代のことを、どういう関わりなのかと思いながら、じっと見詰めていた。

五

　北町奉行所の詮議所に連れて来られた駒吉は、夜通し、近藤に絞られた。

「どうなんだ、駒吉。おまえが、殺された船頭としょっちゅう会ってたのは、松蔵だけじゃねえ、色々な奴が見てるんだ」

「ですから、ただ昼飯を食いに……」

「そんな嘘は通じねえぞ。船頭の宇佐吉は、抜け荷の一味だったんだ。だが、町方に目をつけられていることを勘づかれて、仲間に殺されたんだ」

「……」

「仲間ってのは……安五郎だよ。奴は、殺したことを正直に話したよ」

「……」

「自分は十手持ちだ。万が一、疑いがかかった時には、おまえのせいにして、お縄にしようと思ってたそうだぜ」

「嘘だッ」

「嘘じゃねえよ。おまえは育ての親の米八よりも、安五郎のことを慕ってたようだが。聖四郎さんが言ってたとおりだ、どうして、悪い道に入りたがる」

「……」

「ま、いいや。俺は聖四郎さんみてえに、他人のことなんざ斟酌《しんしゃく》しねえ。理由はどうであれ、殺しをした奴はお縄にする。それだけのこった」

「こ、殺しなんかしてねえよ」

駒吉は急に小さな声になって、救いを求めるような目つきで近藤を見上げた。取り調べとはいえ、後ろ手に縛られたままだ。いかに気丈な者であろうと、時が経《た》てば己が情けなくなってくるし、不安が高まってくる。

「おまえがやったとは言ってねえ。やったのは安五郎だ……てことはだ、抜け荷のことを知っていたってことだ。だが、安五郎は、おまえに頼まれた……そう言ったんだぜ」

「し、知らねえ」

「おまえに頼まれたなんてことは、俺だって信じない。まだむつきも取れてねえようなおまえに、海千山千の安五郎が言いなりになるわけがあるまいとな」

ごくりと唾を飲み込んで、駒吉はぶるぶると震え始めた。近藤はそれを凝視して、

「おまえは百両もの金を、安五郎に用立てて、それで宇佐吉殺しを命じたそうじゃないか。一体、その金は何処から出たんだ？　どうして、おまえみたいなガキが安五郎に命じることが出来たんだ？　その訳を言え」

「……………」

「安五郎はおまえを可愛がってた。おまえはまだ十三か四なのに、体がでかいから人足寄場で働かされて、その頃、安五郎の子分とねんごろになったらしいな」

人足寄場を出てから、駒吉は安五郎の世話になり、身の周りの世話から、借金取りの手伝いなどをして小遣いを貰っていた。

「いずれ、本雇いにして極道にさせるつもりだったのだろうが、おまえの方が一枚も二枚も上手《うわて》の悪党だったみてえだな」

と近藤は険しい目で、駒吉を睨みつけた。

「……そんなことはありません」

「だったら、なぜ、おまえが安五郎を操ったり出来たんだ。金だけで動いたとも思えねえがな」

「知るもんか」

どんな裏があるのか、さしもの近藤も計りかねていた。

そこへ与力が来て、近藤に耳打ちをした。

「なんですって？　お奉行が？」

「ああ。解《と》き放《はな》てと言うておるのだ」

「こいつをですかい？　でも、もう少し叩けば色々と吐くのに……」

「分かっておる。だが、お奉行の命令なのだ。ただし……」

乾聖四郎が後見人として面倒を見るという条件つきだ。そして、安五郎に百両で殺しを頼んだという証が出て来た場合には、即刻、捕縛して町奉行所にて吟味することになった。

——聖四郎め……裏から手を回しやがったな。

時の老中、松平定信《まつだいらさだのぶ》とつきあいがあることは、近藤も噂に聞いていた。もっとも、一橋治済《ひとつばしはるさだ》の息子……つまり、将軍と兄弟であることは、定信の他は誰も知らない。

もちろん聖四郎は、何事においても、権力者の威光をあてにすることをしない男だ。だが、このまま放置すれば、やってないこともやったと言いかねない。それを懸念しての配慮だった。

「ふん。見損なったぞ、乾聖四郎。もっと骨のある奴だと思っていたがな」

近藤は腹の底から怒りが湧き起こり、近くにあった行灯や屏風を蹴倒した。


翌日の昼頃になって、駒吉は解き放たれた。

駒吉は呉服橋御門《ごふくばしごもん》内にある北町奉行所表門の土手脇で、聖四郎が待っているのをちらりと見たが、気づかないふりをして立ち去ろうとした。しかし、後ろから出て来た松蔵がぐいと腕を引っ張った。

「おまえは、聖四郎の旦那が後見人だから、お奉行もお解き放ちになったんだ」

と聖四郎の方へ押しやり、「近藤の旦那にも吟味与力様の前でも、抜け荷についちゃ何も知らないと固く口を閉じてたが、おまえが何をやろうとしてたかは、およそ察しはついてる。今日のところは、旦那に免じて帰してやるが、逃げようとすりゃ、いつでもお縄にするから、そう心得ておけ」

「……」

「分かってンのか」

「へ、へえ……」

「聖四郎の旦那の言うことを聞かなかったら、その場で俺がしょっ引《ぴ》いて奉行所まで連れ帰る手筈《てはず》になってる。仏の顔も三度までと言うが、奉行所は一度しかきかねえぞ」

こってり絞られた駒吉は、がっくりと肩を落とし、聖四郎に付き添われて、『歳松』に戻った。

厨房に入った途端、板前たち料理人七人が、よかったと安堵《あんど》して、それぞれが手を握ったり肩を抱いたりして喜んだ。みんな、駒吉のことを亡き旦那が跡取りと見込んだ男だと認めているからである。料理の腕前はまだまだだが、磨けば良くなる。そして、何より、咄嗟に人を救った人柄を信じてのことだった。

連れ帰った日は、聖四郎は何も言わず、厨房脇の控えの間に駒吉を座らせて、自ら作った料理をただ食べさせた。

桜懐石と名付けたものだ。先付《さきづけ》、筍《たけのこ》、白魚、木の芽の吸い物、鯛と本鮪《ほんまぐろ》の刺身、鯛の真子と長芋の煮物、箸休めに八寸、鯛や穴子などの白身の天麩羅《てんぷら》に水炊き。料理は流れが大切である。熱いものは熱く、冷たいものは冷たく出して、頃合いや調子をはかって差し出す。

駒吉は黙々と食べていた。旨いとも不味いとも言わず、しかし腹が減っていたにも拘《かか》わらず、早食いして飲み込むことはなく、じっくりと嚙みしめて食した。

「米八さんがおまえに教えたかったことは沢山あるはずだが、一番大切なのは何だと思う。懐石を食べながら感じたことはないか」

まだ十八の子供に難しいことは分かるまい。だが、聖四郎が言わんとしていることを、駒吉は本当は承知していた。

――料理とは、道理をとりはからうことである。

と米八は常々言っていた。道理には、ものの道理、人の道理、天の道理があり、ことに天の道理にかなったものを見つけ出すのが料理である。料理というのは、食べるものだけを指す言葉ではない。

「さて、どうこの難問を料理するか」とか「あの悪い奴らをどう料理してやるか」などとも使うのは、天に従って道をつけることであろう。だとすれば、食材の持つよさを活かすことが、庖丁を使った〝料理〟である。

だからこそ、良い食材を的確に切ることから覚えなければいけない。魚でも菜の物でも、筋や繊維を裁ち切ってしまう下手な庖丁捌《さば》きでは素材は死んでしまう。聖四郎が駒吉に対して、菜切り庖丁で切り方ばかりさせていたのは、その大切さを身をもって分からせ、鍛錬させるためだった。

駒吉もそれは分かっている。だが、どうしても素直になれなかった。聖四郎は苛《いら》立《だ》つことなく、淡々と問い直した。

「どうだ。一番大切なものは何だ？」

「…………」

「生前の米八から、こんなことを聞いたことがある。おまえは賢い子供だ。そんな賢い子を得ながら、善い道に導けない愚かなことはしてはならない」

「…………」

「これ即ち料理と同じだ。良い食材とは新鮮さだけではない。性根《しょうね》がよいということだ。その良さを引き出せなくて、なんの料理人か。だから、米八はおまえを……」

「うるさいッ。俺は良い食材でもなんでもねえ。どうしようもない、腐って腐って、腐りきった食材だ！」

と駒吉は箸を叩きつけて、逃げ出すように二階へ上がっていった。

「駒吉！」

聖四郎が追いかけようとすると、渡り廊下から見ていた松蔵が、ふいに声をかけた。

「旦那……今は放っておいた方がいいですぜ。いたたまれなくなったのは、米八さんや旦那の言うことがよく分かってるからでしょうよ」

「だといいがな」

「それより、旦那……ほら」

と、厨房の外に立っている久美花《くみか》の姿に目をやった。

久美花は、江戸町年寄・喜多村《きたむら》家の娘である。江戸町年寄とは町奉行から、町政の一切合切《いっさいがっさい》を任されている、いわば補佐役である。町人でありながら名字帯刀はもちろんのこと、町内の徴税や咎人を捕縛する権限もあった。

「聖四郎さん。あんまりじゃありませんか……」

「何がだい」

「どうして、ここで花板をしていると教えてくれなかったんですか」

「ですかって……おまえは、親父さんの所に帰って、花嫁修業をしていたのではないのか。親父さんが決めた許婚《いいなずけ》との婚儀に備えて」

半年ほど、久美花は聖四郎の弟子として働いていた。格式張った庖丁式をやる庖丁人としてではなく、『出張料理人』の技と心に惚れ抜いていたからである。いや、本当は恋心だったかもしれぬ。だが、

「おまえには庖丁人や料理人としての才覚はない」

と引導を渡した。

「ひどいじゃありませんか。『歳松』のご子息なら、住み込みで厨房に入ってまで教えて、私には辞めろって言うの……つまらない」

わざとらしく泣いている。これは久美花がよく使う手である。聖四郎が困惑するのを顔を隠した指の隙間から見ているのだ。

「悪いがな、久美花。今は、おまえの相手をしてる時じゃないんだ」

「いいんですか、そんなことを言って」

聖四郎は呆れたように溜息をついて、

「ああ、忙しいのだ。親父さんの言うことをしっかりと聞いて、よい花嫁になるのだな」

「もうなれません。だって、私、聖四郎さんに操《みさお》を捧げたと、父にも先様にもき

ちんとお話ししてきましたから」

「きちんとって……俺は何もしてないじゃないかッ」

慌てた聖四郎を松蔵は苦笑して見ている。

「本当だぞ、松蔵。俺は幾らなんでも、こんな青っぽいのは……」

ケラケラ笑い出したのは久美花の方だった。実におかしそうに腹をかかえて、

「半年も通ったり、泊まったりしてたのですよ。何もない方がおかしいでしょ？」

「だから、そういう誤解を生むようなことは言うな」

「慌てない慌てない。今日、来たのは、松蔵親分に頼まれたことがあったから。もっとも、私がではなくて、お父様がですけどね」

「――どういうことだ？」

「駒吉さんのことですよ。歳松さんに拾われるまで、何処で何をしていたか、本当はあまり分かってないんでしょ？」

「ああ……」

「そのことを調べていたら、ちょっと色々と曰《いわ》くありげなことがね……」

松蔵は腰を屈めて久美花を招き入れて、

「さすがは、町年寄だ。神君家康《しんくんいえやす》公が三河《みかわ》から連れて来なすった御家柄だけのこと

はある。調べ事となると、こりゃ町奉行所よりも凄いかもしれやせんね。お待ちしておりました」

と丁重に頭を下げた。

六

廻船問屋『紀州屋』の長暖簾を割って、表通りに出て来た千代は、ゆっくりと神《かん》田《だ》の方へ向かって歩き出した。

しばらく行くと浅草橋の方へ折れて、四半刻《しはんとき》ばかり小間物問屋や絵双紙《えぞうし》屋などを覗き、誰かに尾けられていないかと、後ろを時々振り返り、『越後《えちご》』という名の出合茶屋に入った。まだ日が落ちる前で、雨雲と西日が混じって、妙な黄色い空になって町を染めていた。

女中に通された離れの部屋にもうっすらと陽光が射し込んでいて、床の間の一輪の花が輝いて見えた。千代がゆっくりと腰を下ろすと、二間続きになっている隣室に人の気配があった。

「なんだ、もう来てたのかい？　びっくりさせないでおくれよ。今日はね……」

と声をかけながら、手にしてた風呂敷を開いて菓子折を出した。その蓋《ふた》をずらすと、切餅小判が六つばかり並んでいる。

「そろそろ。これで終《しま》いにしてくれないかねえ。近頃はうちの人も疑っているんだ。そうしておくれよ、ね」

返事がないので、さりげなく隣室を覗き込むと、片隅で膝を抱えるようにして座っているのは、真っ青な顔の駒吉だった。

「なんだい、駒吉……顔色が悪いが、どこぞ具合がよくないのかい？」

と額に手を当てようとすると、乱暴に振り払って、

「具合も悪くなろうさ」

「……………」

「これで終いにしてくれだと？　ふん。よくも、そんな事が言えたもんだな」

「駒吉……」

「俺は一生、おまえに食らいついてやる。そして、思うがままに生きるんだ」

「そんなこと、言わないでおくれ。私は私で苦しんで悲しんで、そりゃ辛い暮らしをして来たんだ。おまえに言えないようなね」

「俺に言えないどんな地獄を見たってンだ。え!?　俺はな……」

と気が荒々しくなるのを懸命に抑えて、「まあいいや。済んだことは仕方がねえ。でもな、これからは違うぜ。貰う物を貰えば、あんなところとはおさらばだ」

「だって、駒吉、おまえは『歳松』で、料理人として生きていくんじゃないのかい。そのために修業してるんじゃ……」

「修業？　冗談じゃねえや。俺は料理は嫌いなんだよ。このまんまじゃ、主人に納まれそうにもない。だから、とっとと江戸から逃げ出すんだ」

「逃げ出す……」

「ああ。それが俺に似合いなんだ。今日だって、こうして抜け出して来るのは大変だったんだ。あの聖四郎とやらは、恩着せがましく俺にかかずりあってくるが、冗談じゃねえや」

と駒吉は吐き捨てるように言って、「いいか。俺は何処に行こうが、おまえに食らいついたまま放さないからな。だって、そうじゃねえか。おまえは俺を散々な目に遭わせておきながら、贅沢な暮らしを満喫してるンだからよ」

「――そんなこと、言わないでおくれ。私は……私は……」

「黙れッ。おれの指を見てみろい！」

と左手をかざして見せた。何度もこうして見せられたものだから、千代も慣れっこになっていたが、真っ黒に爛《ただ》れた様子は凝視するには堪えられなかった。

「どうだ。おまえのせいだ。小さい頃は、ろくに動かなかった……指がひっついたみたいになってよ……俺はこの手を見るたびに、おまえを怨んでた……ああ、必ず地獄の底まで追って探すってな」

「――許しておくれ」

「いや。許さねえ」

そう語気を強めたときである。

サッと障子戸が引き開けられて、正絹《しょうけん》の羽織を着こなした五十を超した商人が入って来た。

『紀州屋』の主人甲右衛門だった。

千代は凝然と振り返った。あまりにも動揺し、立ち上がろうとした足が裾《すそ》に絡《から》んだ。

「おまえ様……」

「ふーん。近頃、怪しいと思ってたが、こういう訳かい」

「違うんです。これは……」

「お相手が、『歳松』の若旦那だったとはな。ふーん、さすが飯盛り女だった女だ。

こんな若い男と日も暮れないうちからとは、はは、お釈迦《しやか》様でもなんとやらだ……千代！　おまえともこれまでだ！」

「ま、待って下さい。違うンです。これは」

「何がどう違うンだい。亭主に黙ってこんな所で会って、何がどう違うンだ」

駒吉は甲右衛門を険しい目で見上げていただけだが、千代は頭を必死に下げて、すがりつくように言った。

「これは……私の実の弟なんです」

「弟？」

「そうなんです。私が十五、駒吉が九つの頃に生き別れになった弟なんですッ」

「ははは。言うに事欠いて、弟か……こりゃ、いいや。この女狐《めぎつね》は弟ともやるのか」

「聞いて下さい、おまえ様。本当に、駒吉は私の実の弟なんです。こうして、密かに会っていたのは、おまえ様のためでもあるのです」

「私のため……？」

見下ろす甲右衛門の鋭い目に、千代は一瞬、言葉を失ったが、

「本当です。信じて下さい」

「バカも休み休み言え」

と甲右衛門は菓子折の小判を蹴って、「こんなものを貢いでたとはな。恩を仇《あだ》で返しやがって、売女《ばいた》の性根は変わらないものなんだな。おまえたち二人とも、この場で斬り殺されても文句は言えないんだぞ！」

「ご勘弁下さい。でも、本当なんです。弟なんです」

「うるさい！」

甲右衛門がすがりつく千代を蹴倒したとき、駒吉はガハハと大笑いした。

「ほれ見ろ。これが本性なんだよ、姉貴」

「………」

「姉貴に心底、惚れてるなんて大嘘つかれてさ。もし、本当に惚れてるなら、疑ったりするもんけえ。しかも、いきなりこんな乱暴をするかよ」

訝《いぶか》しげに見やる甲右衛門に、今度は駒吉がすっと立ち上がって胸ぐらを摑んだ。

痩せた初老の男からすれば、一回りも二回りも大きく見える。

「俺たちが斬り殺されても文句は言えねえだって？　だったら、おまえは何だ？」

「……よ、よせ」

息が苦しくて喘《あえ》ぐ甲右衛門を、駒吉は胸ぐらを摑んだままぐいぐいと壁際まで押

しやって、

「抜け荷をやってる張本人のくせに、知らぬ存ぜぬか？」

「なにをバカな……」

「今更、言い逃れはみっともないぜ、えッ、紀州屋甲右衛門さんよ。八代将軍様からお墨付を貰っていた名店が、抜け荷をする輩に成り下がったのも、これまた世の移り変わりってこってすかい？」

「は、放せ……」

「抜け荷がバレりゃ、お店《たな》の闕所《けっしょ》だけじゃ済まねえよ。あんたが獄門行きだ。どうする。俺が、奉行所ですべて話せば、あんたの命はない。斬り殺されても文句を言えねえのは、あんたの方なんだぜ。俺たちは本当に実の姉弟《きょうだい》なんだからよ……ふん。おまえら二人とも、麝香《じゃこう》の匂いをプンプンさせやがって、昼間っから乳繰《ちちく》り合ってるのは、そっちじゃねえのか、こら」

真っ赤な顔になっていた甲右衛門の顔から、次第に血の気が引いてくる。

「やめて……駒吉、やめてッ」

と千代は、体当たりするように押しやって、二人を引き離した。甲右衛門はすとんと尻から床に落ちて、ぜえぜえと息を吸っている。

「おまえ様……信じて下さい……私はあなたに身請けをされてから、不義密通など考えたこともございません」

千代は懸命に、訴えるように続けた。

「私は、おまえ様を失いたくない。おまえ様は本当は心根のいい人だと信じています。私をあんな苦界《くがい》から救い出してくれたのですから……でも、抜け荷のことが、お上に知れたら身の破滅です。私には商いのことは分かりませんが、抜け荷をしたからといって誰が困るのですか、誰かが苦しむのですか……だから、私はおまえ様がしていることを責める気になれませんでした。でも……」

ある日、廻船問屋の寄合の帰り、両国橋の盛り場で待ち合わせて、おいしいと評判の『歳松』に立ち寄ったのが間違いの始まりだった。

まだ米八は健在だったが、そこには駒吉がいたのだ。

「私の方は気づきませんでした……生き別れになったのは、この子がまだ九つの頃ですからね、すっかり背が高くなって、顔立ちも変わってて……でも、よく見れば面影《おもかげ》がある。まさか再び会えるとは思わなかったけれど、私はとにかく嬉しかった。本当に無事で生きてててくれて嬉しかった」

駒吉は白けた顔で聞いていたが、千代は涙ながらに話した。

「だって……私は親の借金の形《かた》に売られたも同然だった……私を引き取った男は酷い男で、さらに他の女郎屋に売り飛ばして、とんずらした……それから私はあちこちの宿場で春をひさいで生きるしかなかった……地獄を歩いて来たんですよ」

「……」

「この駒吉は、六つも年下だったから、赤ん坊の頃から、私が母親代わりに育てた。おっ母《か》さんはこの子を産んですぐ、何処かに逃げてしまったからね。私が子守歌を歌ったり、貰い乳をしに走ったり……飲んだくれで、ろくに働きもしないくせに、殴る蹴るだけは一人前の父親に酷い目に遭いながら、それでも私は堪えて堪えて……」

「……」

「だから、あんな酷い父親のところに駒吉を残してきたことを後悔したけれど、私も怖かったンだ……もう嫌だったんだ。身売りをされてでもいいから、父親のところから離れたかった。だから、私は駒吉のことを人身御供《ひとみごくう》にしたと思ってた。だから、何をしても報いたい。詫びたい……そう思って、言いなりになってたんですよ」

「言いなりに……？」

甲右衛門は少しは収まったのか、嗄《しゃが》れた声を洩らして聞き返した。

「何を言いなりになってたというのかね、千代」

「はい……駒吉は、おまえ様が抜け荷をしていることに、ある時、勘づきました」

駒吉は『歳松』の近くにある船着き場で、時々、不審な輩が色々な荷物を抜いていは、秘密の蔵に隠していたのを見ていた。その中に、殺された船頭もいて、駒吉はそいつに酒をふるまって、さりげなく聞き出したのだ。

抜け荷は御法度《ごはっと》。下手をすれば死罪だ。だから、駒吉は甲右衛門を直《じか》に脅すのではなく、千代を脅したのだ。

「このまま幸せに暮らしたければ、金を寄こせ。でねえと、てめえの旦那の悪事、すべて奉行所に訴え出るぞ」

『歳松』の跡取りになったとはいえ、自由になる金があるわけじゃない。毎日、気詰まりな料理修業ばかりだ。だから、遊ぶ金が欲しかったのだ。

抜け荷の中には、阿片があった。甲右衛門が密かに捌《さば》いていたのだ。大奥や大名の奥向きでは、麝香と共にそれを必要としている者が結構いたのである。

駒吉もそれに手を出した。だから、味覚も少々おかしくなったのかもしれぬ。本気で料理人を目指しているのならば、やってはならぬことだった。いや、人として決して手を出してはならぬことだった。

しかし、駒吉は、人足寄場の厳しさも知っていた。咎人の更生施設とはいいながら、実際は油搾りなどの厳しい作業に従事させられ、牛馬のように働かされる毎日だった。更生するどころか、世の中に怨みを持つばかりであった。

ようやく、そこから抜け出した駒吉は、うまく『歳松』に入り込んだが、長年、染みついたねじ曲がった心が容易に戻るわけがなかった。

「駒吉……」

と甲右衛門はようやく血の気が戻って、「洲崎の安五郎は、おまえに頼まれて、船頭の宇佐吉を殺《や》ったと奉行所で吐いたそうだが、それは本当なのか？」

「そうかもしれねえな」

その言葉に、千代は愕然《がくぜん》となった。

「かもしれないって……どうして……なぜ、そんなことを……」

「元々、宇佐吉は、阿片を横流しして、安五郎と揉《も》めていたんだ。けど、宇佐吉は『紀州屋』が抜け荷の元締《もとじめ》だと知ってる。そのことを、安五郎にバラそうとしたんだ。そんなことが世間に知れれば、ふん……俺が姉貴を脅すネタがなくなるじゃねえか」

「……」

「だから、俺は、姉貴に百両用立てさせて、それでもって安五郎に頼んで、宇佐吉を黙らせろって言ったんだ」

「そんな、おまえ……」

「黙らせろと言ったのは、ちょっと痛い目にあわせて、金をやって江戸から出て行かせろってことだ。けど、あっさり死んだらしくてよ、そこんところを、『紀州屋』の下女、おきよに見られたらしくてよ」

「だから心中に見せかけて……」

「だってよ。俺も後から聞いたんだがな、おきよと宇佐吉はできてたらしいぜ」

「ああ。おきよは、人足や船頭との繋ぎに使ってたんだ……」

「繋ぎに……？」

　駒吉はふと不思議そうに見やった。

「もしかして……旦那。おまえ、安五郎が殺すのを承知してたのか？　いや、殺したのを知って、丁度いい塩梅だと思ったんじゃねえのか？」

「なんで、そう思う」

　と甲右衛門が嫌らしい目つきになるのへ、駒吉はきっぱりと言った。

「奴は『歳松』に昼飯を食いに来たとき、時々、俺に零《こぼ》してたんだ……大変な仕事をしてる割には、あんたからの報酬が少ないってな。だから、直にあんたを脅してたんじゃないか？」

「ま、そういうことだ。おきよを殺したのは安五郎ではない」

「じゃ、それは、もしや……！」

あんたがやったのかと甲右衛門に言いかけるのへ、

「それは言わぬが花だ、駒吉……」

と甲右衛門はがらりと顔つきを変えた。

「おまえ、若いくせに頭がいいな。どうだね。この際、私と手を組まないか」

「手を……？」

「ああ。『歳松』はこの私が買い取って、他の誰かに転売してやるよ。千代の実の弟ならば、問題はない。私には子がおらぬから、養子にしてやってもよい」

「……」

「その代わり、抜け荷は続ける。そして、おまえも仲間として、生涯口を割らない。どうだ。悪い話ではなかろう？」

駒吉はすぐには返事をしなかった。

「何をためらうことがある。たった二人の姉弟がこうして江戸で会ったのは、まさに血の絆《きずな》があったればこそだ……さっき私は悪態をついたが、それは千代に惚れてるからこそだ。嫉妬《しっと》に狂ったのだ」

しばらく甲右衛門を見詰めていた駒吉は、小さく頷いた。

「面白い……これで姉貴を脅すこともなくなったわけだ」

甲右衛門と駒吉は、まるで意気投合したように微笑み合った。だが、千代のまなざしは不安げに揺れていた。

そんな光景を、裏庭から、こっそりと見ていた男がいる。

松蔵だった。

もちろん、二人の関わりをすべて、久美花から聞いて知った上で、駒吉を泳がせて、張り込んでいたのである。

――なるほどな。聖四郎の旦那の考えてたとおり、まだ裏がありそうだな。

と松蔵は心の奥で呟いていた。

七

甲右衛門と千代が北町奉行所に連れて来られたのは、その翌朝のことだった。

詮議所には小さな白洲がある。甲右衛門と千代はその場に座らされて初めて、事の重大さに気づいて震えがきた。本所廻りの近藤が陪席にいて、吟味与力が直々《じきじき》に取り調べることとなったからである。

自身番と違って、奉行所は表門を入るだけで、どっしりと重いものを背中に感じる。石畳はひんやりと冷たく、その両脇の砂利道を見るだけでも、罪人は恐怖に感じた。

「今般の一件……安五郎が認めた船頭、宇佐吉殺しのことである」

吟味与力が分厚い調べ書きを目の前にして、審議を進めた。あくまでも参考に聞くとのことだったが、どう見ても、怪しまれている節がある。

「船頭の宇佐吉とおきよが心中することに心当たりはあるか？」

「――ありません」

と甲右衛門ははっきりとした声で答えた。

「まったくないか」

「はい」

「宇佐吉は『川甚』の船頭で、おきよはおまえのところの下女だ。奉行所の調べによると、二人は密かに付き合っていたようだが、周りに隠さなければならぬ訳があったのか」

「さあ……私どもは、そんな仲だということも知りませんでしたから」

「さようか」

「はい」

「ならば、どうして心中などせねばならなかったと思う」

「分かりません。見当もつきません」

「二人が同じ秘密を持っていたからだとは思わぬか」

「――分かりません」

「ならば、言ってやろう」

口調は淡々としているが、目はぎらりと光っているその吟味与力の態度に、甲右衛門は少しばかり動揺した。

「二人は、おまえがやっていた抜け荷について知っている数少ない仲間であった」

「何の話です……」

「まあ聞け。反論があれば、後で聞く」

「……」

「今、おまえがここにいる間に、奉行所の者を『紀州屋』に送って、店や蔵を調べさせている。ああ、店に隠し蔵があることは、作った大工から既に聞いておるし、仙台堀にある土蔵も調べさせている」

「……」

「もし、鼈甲《べっこう》だろうが麝香だろうが象牙《ぞうげ》だろうが、御禁制の品がひとつでも出てくれば、即刻、本白洲にて吟味するゆえ、今のうちに正直に話しておいた方がよいぞ」

「話すことなど……」

甲右衛門は俯いてしまった。

「では、抜け荷のことは一切、知らぬと申すのだな」

「はい――」

「後で、私がやりましたと言うより、今のうちに正直に言った方が罪が軽くなるぞ」

「……」

「そうか。していないのだな」

「してません」

「ならば聞く。昨夜《ゆうべ》、『越後』という出合茶屋に行ったか」

「……いいえ」

「妙だな。松蔵という自身番大家が、おまえたちの話を一部始終聞いていたのだが、それは間違いであったと申すか」

「……知りません」

吟味与力は、千代の方を振り向き、

「甲右衛門の言っていることに、間違いはないか」

「――ありません」

「そうか。おまえたちの他に、誰ぞ、おらなんだか」

「いません」

「嘘はタメにならぬぞ。抜け荷に絡《から》んで、人が二人も死んでおるのだ。知らぬ存ぜぬを通すのならば、こっちにも考えがある」

与力が少し声の調子を強めると、千代の膝が震え始めた。それを見た甲右衛門は

すかさず身を乗り出すように、

「私は……脅されていたのですッ」

といきなり暴露した。

「脅されていた？」

「はい。女房の千代と……こいつの弟の駒吉にです」

何を言い出すのだ、という顔で、千代は横に座っている甲右衛門を見やったが、
与力は冷静に聞いていた。

「調べて下されば分かりますが、洲崎の安五郎という〝二足の草鞋〟は、私の荷舟を利用して、阿片などを捌いていたようなのです。嘘だと思うなら、安五郎の屋敷でも賭場でも調べて下さい。必ず証拠が見つかるはずです」

「もう調べてるよ」

と口を挟んだのは近藤だった。

「おまえの言うとおり、天井裏から阿片がどっさり見つかった」

「そうでございましょう。その安五郎と船頭の宇佐吉は、前々からつるんでいたらしく、それで儲けた金で、宇佐吉はおきよと贅沢をしていたらしいのです。ですから、人に言えない仲だったのではないでしょうか」

「なるほど。では、誰がなぜ、その二人を殺したのだ？」

「殺したのは安五郎に違いありません」

「なぜ、そう思う」

「実は安五郎は……千代と不義密通の関わりにありまして、そのことで私が責めましたら、弟の駒吉と一緒になって、逆に私が脅されたのです」

「なぜ脅された」

「とにかく、こいつら姉弟はタチが悪くて、調べて貰えば分かりますが……女房は恥ずかしながら飯盛り女でした。弟は、これまた調べて貰えば分かりますが、安五郎の賭場に出入りしていたような奴です。若造のくせに、安五郎の子分たちにも一目置かれていたほどです。その悪どい奴らが結託して、あることないこと、とにかく脅しまくってきたのです。それで……見せしめに、安五郎は宇佐吉とおきよを殺して、『おまえもこんなふうになりたくなきゃ、大人しく阿片運びに手を貸せ』と脅したのでございます。この千代は、私の見張り役でした。そして、弟の駒吉も、ぐるで、宇佐吉を殺したのです」

一気《いっき》呵成《かせい》に喋った甲右衛門を、千代は呆れ果てて見ていたが、怒りを露わにして何か話そうとしたとき、また近藤が口を挟んだ。

「甲右衛門……よく口から出まかせが言えるな。感心するぜ」

「嘘ではありません。本当です」

どこから自信が出て来るのか、それともやけくそなのか、出鱈目《でたらめ》を言って憚《はばか》らなかった。だが、近藤は証人ということで、駒吉を既に呼んでいた。

「駒吉をこれへ」

と町方中間《ちゅうげん》に声をかけた途端、甲右衛門と千代に緊張が走った。それぞれが違った緊張だった。

駒吉はゆっくり控えの間から出て来て、すっかり観念したように項垂《うなだ》れていた。まだ十八ということなので、後見人の乾聖四郎も同行していた。

「駒吉、おまえッ……」

甲右衛門は項垂れるどころか、ますます頭に血を昇らせて、ムキになり、

「こんな奴の言うことの何を信じるのですか！　こいつは、人足寄場にいた奴で、安五郎みたいな極道者とつるんでいたひどい若造なんですよ。しかも、姉と結託して、私の身代まで狙っていた。聞けば、『歳松』さんの店まで乗っ取ろうとしてたという話じゃないですか。恐ろしい姉弟だ！」

聖四郎は喚《わめ》く甲右衛門の顔をじっと見つめていたが、

――救いようのない奴だな。

と感じた。

だが、吟味与力は感情に左右されることなく、淡々と審議を続けた。まるで、甲右衛門の都合だの姉弟の内心などには興味がない様子で、事実だけをきちんと明らかにすることを心がけているようだった。白洲を預かる者として当然の姿勢であった。

「では、改めて訊く、甲右衛門。おまえは今しがた、この二人の姉弟に脅されていたと申したが、さよう相違ないか」

「ありません」

「どうして、姉弟だと分かったのだ？」

「それは……」

甲右衛門は一瞬、言葉に詰まったが、喘ぐように喉を鳴らして、「それは、二人がそう話していたからです」

「どこでだ？」

「……どこでって……常日頃です」

「妙だな」

吟味与力は調べ書きを繰りながら、「千代と駒吉が姉弟であることは、どこにも記されておらぬし、そういった探索事実も出ていないが、どうして分かったのだ」

「ですから、それは、この二人が常日頃、話していたからです」

「どこで話していたのだ？　『紀州屋』の者も『歳松』の者も、誰一人知らぬのに、おまえだけがどうして知っているのだ」

「………」

「どうなのだ？」

甲右衛門は、『越後』という出合茶屋で聞いたと答えようとしたが、そこへは行っていないと話したばかりなので、黙った。

「では、千代に訊く。駒吉は、おまえの弟なのか？」

「――はい。でも、会ったのは約十年ぶりのことでございます」

千代は決意をしたように毅然《きぜん》とした顔になって、

「吟味与力様にすべて正直に話します。主人が、抜け荷をしていたこと、本当でございます。私がそのことで……洲崎の安五郎に脅されていたのでございます。十手持ちの安五郎に」

「ほう。それはまことか」

「はい」

今度は、甲右衛門の方が、何を言い出すのだという表情になったが、千代は揺るぎない瞳を燦《きら》めかせて言った。

「はい。私の言うことが本当でございます」

八

『紀州屋』が抜け荷に手を染めていたのは、もう十数年前からのことである。主に長崎で仕入れたものを、江戸で大奥や大名の奥方に捌いていたので、よほどのことがない限り世間にバレることはなかった。買った方も処罰を受けるからである。

駒吉は、生き別れになった姉が『紀州屋』という大店の主人の後妻になっているのを知ってから、抜け荷のことで脅しをかけていた。

——自分だけが幸せになりやがって。

という嫉妬心があったからである。

「私にも後ろめたい気持ちがありました……この子を……駒吉を置き去りにしたことが、胸の奥に張りついていたからです」

千代はそう言って、傍らにちょこんと座っている駒吉をじっと見つめた。

「瞼《まぶた》の裏にまだ残っています……あの渡し舟の船着き場まで、駒吉……おまえは追って来たよね。雪がちらちら降っていた。でも、私もどうしようもなかった。どんどん、岸から離れていって、それでも、おまえは私のことを追って川の中まで入って来てた……」

その時のすがりつくような必死の姿は、今でも忘れられないと言った。

千代もそれからが大変だったことは、再会してから何度も話したが、駒吉にはただの言い訳にしか聞こえなかったのだろう。

「でも、私はなんとか、駒吉の悲しみに報いたいと、何でもしようと思ったのです。それが、主人に対する脅しであっても、できるだけのことをしたいと……」

「だがな、千代……」

と近藤はいつになく情け深い顔になって、

「おまえとて、まだ子供も同然だった。どうしようもなかったのではないか？　しかも、その後で、酷い暮らしを強いられた。自分だけを責めることはないであろう」

「いいえ……あの日……本当は、駒吉も一緒に逃げるはずだったんです」

「駒吉も？」

「はい。でも……」

と千代は喉に何か硬いものでも詰まったように咳《せ》き込んだ。

「私を引き取った男は、駒吉は邪魔だから連れて来るなと怒ったのです。私は何度も一緒にと頼みました。置いていくと、父親にどんな酷い目に遭わされるかもしれないからと……でも、それなら、おまえも連れて行かない。ずっとここにいろと言うのです……私はそれだけは嫌だった……だから、私は……あの酷い父親のところに、駒吉を置き去りにして……」

「だから、己を責めていたのか？」

「その気になれば、どんな暮らしをしていても、駒吉を連れに戻ったり探したりすることができたかもしれない……でも、私はできなかった……いえ、しなかった。つまり、私も酷い姉なんです。人間ではないんです」

吟味与力は小さく唸《うな》って、

「だから、駒吉の言いなりになっていたというのだな」

「そうしないと……はい。もし、抜け荷のことで、本当にこの人を……主人を駒吉が脅したりしたら、それこそ殺されると思ったからです」

「この人は……今までも何人もの人を殺して来ました。もちろん自分の手は汚しません。江戸には、金で人殺しを請け負う闇の人間がいると聞いたことがあります。そういう人に頼んで、自分の秘密を知った者や不都合な者を殺したのです。ですから……宇佐吉やおきよが死んだのも喜んでいました。一人で、笑っていました」

甲右衛門は憤然と、千代に向かって、証拠もない話を何をぐだぐだ言っているのだと喚いたが、吟味与力に制された。それでも腹立ちを抑えきれず声を荒らげようとしたが、同心が入って来て、吟味与力が耳打ちをした途端、その場の雰囲気が張りつめたため、口を閉じた。

「なんだと？」

「――紀州屋甲右衛門……仙台堀のおまえの店の土蔵から、抜け荷が色々と見つかった。隠し蔵からな」

天井や床を二重にしたり、壁に隙間を作ったりして、抜け荷を隠すのはよくやる手である。それを見つけられたとあっては、言い逃れをすることはできまい。だが、甲右衛門はそれでも、知らぬ存ぜぬと言い続けていた。

吟味与力は、改めて奉行直々に調べると決を下して、甲右衛門を正式に吟味するまで、小伝馬町牢屋敷に閉じこめておくよう、近藤に命じた。

「さて……駒吉をどうするかだが、千代を脅したのは事実であろうし、そのことで千代……おまえが主人に黙って、店の金を渡していたのも事実。只《ただ》では済まぬ」

「承知しております」

「千代にも事情があったとはいえ、身勝手な行状であったことは間違いない。亭主の抜け荷のことを知っていたのならば、すみやかに奉行所に届け出るべきであった」

「――悔いております」

「かといって、抜け荷に荷担していたわけではないし、亭主の金を黙って取ったからといって処罰する法はない。取った金を返すということで、片を付けたいがどうじゃ」

「えっ……」

千代は意外な目で、吟味与力を見上げた。与力はこくりと頷いて、

「その代わり、おまえは、紀州屋が闕所になれば、甲右衛門の女房として江戸払いか、事が事だけに遠島になろう」

「……」

「駒吉が脅しをかけたこと、どうする。改めて奉行所に訴え出るか？」

「――いいえ。駒吉に脅されたことなんて、ありません。私が勝手に、弟に金を与えていただけのことです」

千代が必死に言い切るのを、駒吉は唖然《あぜん》と見ていた。

「それでよいか」

「はい。それが本当のことです」

「分かった。その旨も、お奉行に伝えておくが、しばらく奉行所内の牢に留め置く」

吟味与力は一件落着すると、詮議に立ち会っていた聖四郎に深々と頭を下げた。

「――かたじけない」

聖四郎も頭を下げてから、お互い何もかも知り尽くしているかのように目を交《か》わした。近藤の横で、駒吉は小さくなっていたが、妙に晴れやかな顔になった千代に向かって、

「姉ちゃん……」

と小さく呟いて、町奉行所を後にした。

仙台堀の『歳松』に戻った聖四郎は、駒吉をきちんと座らせて、どうすれば道が

開けるか、真剣に話さぬ限り、米八の跡を継ぐことはできまいと言い、これからの心積もりを駒吉に語らせた。

駒吉はしばらく俯いたまま黙っていたが、ぽつりと零した。

「――姉ちゃんは、本当に島流しになるんですか」

「恐らくな、江戸払いで済めば幸いであろう。仕方あるまい、抜け荷を承知していたのだ。町方はさらに調べるだろうが、闕所になるほどなら、恐らく番頭や手代も組んでのことであろうからな」

「……………」

「米八は、おまえのそんな事情なんぞ知らずに、ただ一度、おまえが咄嗟に助けてくれたという、その気持ちに報いたいだけだったのだ。本当の息子のつもりでな……本当に、おまえのことを大事に思っていたのだぞ」

聖四郎がそう言った途端、駒吉は申し訳なさと後悔の念が込み上げたのか、胸の奥から湧き出てくるものがあったのか、瞼に薄っすらと涙を浮かべた。

「違うんだ……違うんです」

「む？　何がだ？」

「米八さんを助けたのだって……あれは、わざとやったことなんだ……大八車を暴走させて、体を張って守ったふりをして、米八さんに近づくために……俺と同じ歳の息子を亡くして悲しんでいたのも知っていた……俺は……俺はそういう奴なんです。騙してたんですよッ。誰かに庇って貰ったり、情けをかけて貰えるような奴では……」

駒吉が切々と語ると、聖四郎はそっと近づいて軽く肩を叩いて、

「そんなこと百も承知だよ」

「え？」

「米八さんも知っていたことだ。そうでもしなきゃ生きて来られなかったおまえのことを、米八さんは分かっていた」

「そ、そんな……」

「それでも、おまえの性根を見抜いていたんだ。だから、分かるな？」

「……」

「『歳松』って名は……」

「米八さんから聞いたことがあります」

と駒吉は聖四郎が話そうとするのを、引き継ぐように続けた。

「松は、〝末代〟まで続く限り……〝千歳〟の時を経ても、俺の味を受け継いで欲

しい。その二代目に、俺になって欲しいって……」

「できるか、それが」

聖四郎が優しい目で励《はげ》ますと、駒吉は何度も何度も頷きながら、

「俺のせいで、姉ちゃんにはとんでもねえ迷惑をかけた。だから……」

「だったら、帰って来るまで待ってやれ。そんときは、堂々と『歳松』の主人になってて、姉ちゃんに本当の楽をさせてやれ」

「はい」

駒吉が頭を下げると、いつの間に来ていたのか、板前たちが廊下にずらりと並んでいた。みんな温かい目をしている。言葉にこそ出さないが、米八の思いを叶《かな》えるために力を貸すつもりであろう。

よろしくお願いしますと、駒吉は改めてきちんと頭を下げた。

中庭には、すっかり散ったはずの桜の花びらがどこからともなく飛んで来て、晴れやかな陽射しの中で舞っていた。

第二話　恋おぼろ

一

「千人が手を欄干や橋すずみ」

聖四郎が立錐《りっすい》の余地もない両国橋の上で、人波に押されながら、久美花を庇うように抱きとめてそう詠《よ》んだ。

「あらま。意外と上手なんだね、料理だけじゃなくって」

「いや、実はな……」

松尾芭蕉《まつおばしょう》の弟子、宝井其角《たからいきかく》の俳句だと聖四郎が言おうとしたとき、「うわあっ」とすぐ近くで悲鳴が上がった。

途端、呻《うめ》き声と叫び声が入り混じって、人混みが迫り、大きな壁となって聖四郎たちの前に押し寄せてきた。なぜか、大勢の人が逃げ惑っており、中には欄干を越えて、川面に落下する者もいた。長さ九十四間、幅四間の大きな橋が、ぐらぐらと揺れて倒れるのではないかと思えるほどの激しさだった。

橋の下の川には、何十艘もの屋形船や猪牙舟が、暮れれば始まる花火見物のために漂っていたが、どの船からも奇声が聞こえていた。

「なんだ……!?」

尋常《じんじょう》なことではないと、聖四郎が呻き声の方へ向かうと、人だかりの一部がぽっかり空いており、そこには浪人者が首を矢で射ち抜かれて倒れていた。不思議と鮮血は飛び散っておらず、浪人の亡骸《なきがら》が、まるで全ての血を吸ったように赤い。

押し寄せて来る人波と、逃げようとする人々が激しい〝押しくら饅頭《まんじゅう》〟をしているみたいになってしまい、混乱は収まりそうになかった。

聖四郎はようやくその浪人の前に来て、

「おい。大丈夫か……」

と声をかけたが、既に事切れているようだったので、カッと目を見開いたままの浪人の瞼をそっと閉じてやった。

あまりの人の多さに、両国橋西詰《にしづめ》にある橋番《はしばん》から、町方同心や番人たちが駆けつけて来るのさえ、やっとのことだった。

「どけ、どけいッ。邪魔だ、どけい」

と十手を突き出すようにして、花火客を押し分けて来たのは、北町奉行所本所廻り同心の近藤伊三郎だった。岡っ引の捨蔵《すてぞう》や寛八《かんぱち》らも野次馬を蹴飛ばすような勢いで割り込んで来た。

聖四郎が浪人の側に座って、様子を見ていたので、

「なんだ。また、おまえさんか。面倒な事には、すぐに首を突っ込んでくるのだな」

と皮肉っぽく顔を歪めた。

「そうじゃない。通り合わせただけだ」

久美花も聖四郎の言うとおりだと頷いたので、

「これまた、おそろいで」

と軽く近藤は頭を下げた。久美花は江戸町年寄・喜多村家の娘だということを承知しているからである。町年寄は町奉行所の補佐をして、町政の一切合切を請け負っている特権町人であるから、いくら武士でも、一介の同心には頭の上がらない相手だった。

「矢……か」

近藤が不思議そうに見やると、聖四郎は近くに居合わせたことを少しばかり悔や

んだ。

「それにしても妙だと思わないか、近藤の旦那」

「む?」

「だって、そうじゃないか。ここは橋の上でも一番高い所だ。この矢を何処から射ってきたのかね」

思わず辺りを見回した近藤だが、両方の欄干を越えるともちろん大川であり、遥か遠くには富士山や江戸湾の向こうには房総《ぼうそう》の峰々が眺められる。橋の両詰には見せ物小屋や料理屋、茶店などが並んでいるが、いずれも二階建てで、橋を見下ろすことはできない。

「ここを狙って矢を放つところなんざ、ねえな」

と近藤は投げやりな少し伝法《でんぽう》な口調で言ったが、聖四郎は苦笑して、

「そんなことはないだろ。見てみなよ」

指をさしたのは、橋の両側に幾つか見える火の見櫓《やぐら》だった。

「ああ、なるほど……」

火の見櫓は町内にひとつ、大概は自身番に付属する形であるから、江戸の町にはさながら筍がにょきにょき生えたように火の見櫓が点在している。

「しかし……」

と近藤は溜息混じりに、「一番近いのでも、あの東詰《ひがしづめ》の回向院《えこういん》脇の火の見櫓だ」

回向院は明暦《めいれき》の大火（明暦三年）によって、無縁仏になった人々を供養している寺である。

「しかも、この人出《ひとで》だ。あの上に誰か立てば目立つだろうし、第一、あそこから射ることなんざできめえよ。しかも、この矢から見て、それなりに立派な弓が要るだろうしな。あの上からじゃ……」

到底無理だということは、聖四郎も思っていた。かなりの手練《てだ》れならば、できなくもないだろうが、数十間も離れている。たとえ高みからとはいえ、矢がそれだけの距離を飛ぶとは考えられない。

「そうでなきゃ、どこか船の上からか……」

近藤は川に目を移した。水面が見えないくらいに、びっしりと屋形船がひしめいている。花火を見るために漂っているのだ。

が、この事件はすぐさまお上に伝えられ、花火は中止と決まった。毎年五月二十八日から三月《みつき》の間、毎晩、打ち上げられているのに、夜空に開く花を見られないとなれば、かえって〝暴動〟が起こらないとも限らない。

両国橋の上流からは『玉屋《たまや》』、下流からは『鍵屋《かぎや》』が競うように花火を打ち上げ、納涼船に乗り合った江戸町人たちが歓声と溜息で眺める。それを楽しみにして来ている者も多いが、死人が出たのだ。

元々は享保《きょうほう》年間の疫病《えきびょう》や飢饉《ききん》によって死んだ者たちの鎮魂《ちんこん》の意味があった。浪人者が殺されたのに、知らぬ顔をして花火に歓喜するわけにもいくまい。

「この浪人には連れがいなかったのかな……」

近藤の問いかけに、聖四郎はいるわけがないと反論した。もし、いたのならば、矢を受けたときに少なくとも助けようとしたはずだ。

「いや、そうではなく……連れでないとしても、この男にこの場で矢を刺したとは考えられぬかと思ってな」

「それは無理だ。これだけの人がいるのだからな。矢を持ち歩くのは、どうも……しかも、矢というものは勢いがなければ貫通しない」

「ならば……誰でもよいから、射ってみたかったからとは考えられぬか」

「誰でもよい……？」

「うむ。この浪人者はたまさか命中しただけで、あの火の見櫓か、さもなくば何処その船から出鱈目に射ってみた……」

「そんな奴がいるとしたら、正気の沙汰《さた》じゃないな」

聖四郎は近頃、妙な輩が増えたことを懸念していたくらいなので、あり得ない話ではないと思ったが、人が死ぬのを見て愉快に感じる人間がいることを信じたくなかった。

「とにかく、近藤の旦那。このまま晒《さら》しておくのは可哀想だ。早く仏を移動させて、線香をあげてやろうじゃないか」

と聖四郎が亡骸の手を取り合わさせていると、戸板を抱えた番人たちが人混みを縫って、ようやく駆けつけて来るのが見えた。

二

久美花の実家は町年寄の喜多村家であり、日本橋に程近い西河岸《にしがし》町の一角にあった。町家ゆえ、冠木門《かぶきもん》も備えていなかったが、あたりの大店に比べても、立派な黒塀の屋敷だった。

父親の久右衛門《きゅうえもん》は、一人娘の久美花を、聖四郎に弟子として預けていることに異存はなかった。

もっとも乳母日傘《おんばひがさ》で育った久美花だから、

――少しは世間の風に当たって来い。

という親心もある。その世間の風が、乾聖四郎という立派な防風林によって遮《さえぎ》られているのも事実で、果たして本当に修業になっているかどうかは怪しいものだった。

とまれ、天下の庖丁人の聖四郎の料理を食べながら世間話をするのは、町政に忙しい喜多村久右衛門にとって、ほっと心の安らぐひとときであった。

初夏の香りを漂わせる鮎《あゆ》の塩焼きを、聖四郎は丁寧に作って、清酒とともに食膳に出した。料理の基本は焼くことにある。簡単そうで、最も難しいことであり、素材をダメにするのも活かすのも、火加減、手加減による。当たり前の魚を当たり前に焼くことがいかに大切かを、久美花も学んでいた。

「ほふ、ほふ……いやあ、なんとも、たまらんですなあ。この香り……」

酒好きの久右衛門だが、鮎の焼きたては、杯を傾けるのを忘れさせているようだ。

中国では鮎と書くと、ナマズのことである。とても同じものとは思えないが、意味が転用されたのは、『古事記《こじき》』や『日本書紀《にほんしょき》』に載《の》ったがためと言われている。魚偏に占いと書かれているとおり、占いに使われたらしい。

「まさに、夏の香りですな、聖四郎さん」

「はい。町年寄さんの手で、江戸を、もっと鮎が棲めるような町にして貰いたい。その昔は、どの川にも遡上《そじょう》していた魚なのに、隅田川も神田《かんだ》川や多摩《たま》川ですら、なかなか見られなくなったとか」

「そのようですな。人が増えると鮎が減る。なんとかせねばなりませぬな」

「御公儀、殊《こと》に町奉行所が動かなければ、江戸の風物がしだいに消えてゆくに違いありますまい。納涼の花火もよいが……」

と昨日の花火の折の事件について触れると、久右衛門は俄《にわか》に思い出したように、その貫禄ある体を震わせて、白くなりつつある眉毛をつんと逆立てて、

「そうそう。偉い人が殺されましたな」

「偉い人？」

傍らで酌をしていた久美花が怪訝《けげん》そうに首をかしげた。たとえ話でも、大変だという意味でもなく、本当に偉い人物が殺されたというのだ。

「浪人に扮してはいたが、あの人は目付《めつけ》の室井太平《むろいたへい》という人で、老中松平定信様に重用されていたとか」

「松平定信……」

またぞろきな臭《くさ》い気が漂ってきたと聖四郎は感じた。

松平定信と聖四郎とは、少なからず因縁《いんねん》がある。父親の乾阿舟《あしゅう》と定信は大親友だった。そして、何やら密約があって、聖四郎はその宿痾《しゅくあ》のような運命《さだめ》を背負っているともいえた。

「で、松平定信様が何か……？」

町奉行に命じたのかと聖四郎は勘ぐって尋ねてみたが、町年寄とはいえ、そこまではまだ報されていないらしい。ただ、下手人を挙げることに躍起になっていることは確かなようで、殺しのあった橋や室井の身辺を克明に調べているようだった。

目付といえば、幕府の秩序維持のために旗本御家人《ごけにん》を監察する職である。若年寄支配で御目見《おめみえ》以上の者しか就けず、幕府の最高決定機関である評定所にも立ち会う。だが、室井太平は、元は同じ若年寄支配の火附盗賊改《ひつけとうぞくあらため》の与力であった。その身分の者が旗本職の目付に就くためには、どこぞに養子縁組に入って幕府の許可を得ねばならない。

室井は火盗改《かとう》与力として大層な手柄を立てていたので、松平定信が目をつけて、直々に親戚筋に働きかけて養子にし、自分の耳目として働かせていたのだ。

役高千両で布衣《ほい》着用を認められ、江戸城中では中之間詰《なかのまづめ》の身分の者が、花火見物に出かけて殺されたとなると、幕府の威信に関わる。

「おそらく、何らかの密命を帯びての探索中に受けた不幸なのでしょうな」

と久右衛門は話したが、あながち根拠のないことではなかった。

このところ、江戸市中では、人殺しも辞さない盗賊の類が跋扈《ばっこ》しており、一家惨殺の事件も続いていた。町奉行、火盗改が探索している一方で、なかなか賊が捕まらないことから、

――公儀役人が絡んでいるのではないか。

という疑いを否定することが出来ず、幕府の最高権力者の松平定信としても捨ててはおけない事態になっていた。たしかに不良旗本や御家人が増えて、なかには金のためなら何でもやるという無役の者もいる。

常々、幕府はそのような輩を放置せぬために、目付を市井に放っているのだが、木乃伊《みいら》取りが木乃伊になることもしばしばあった。

だからこそ、室井のような職務一筋で、尚《なお》かつ、上には従順であり、万が一のときにも我が身を顧みずに務めを強行する勇ましい男が必要だったのだ。

その男が殺されたとは、幕府にとって全く予期せぬことで、大きな痛手だった。

「松平定信様が下手人探しに懸命になっているのも分かるが……」

と聖四郎は鮎の骨をするりと抜いて、木の芽を潰した酢醤油のたれと一緒に食べて、「何処かに別の狙いがあるような気がしてならないな。いや、確信があるわけではないが……定信様が動くときは大概そうだからな」

「そうでしょうな……」

久右衛門も同感であった。だが、室井を殺した矢の名手、あるいは思いもつかぬカラクリを用いたのかもしれぬが、それが誰であり何なのか考えつかなかった。

「それにしても、目付が殺されたのですから、ご老中様もこのまま黙っているわけには参りますまい。しかし、そうなると私たち町人は、いよいよ面倒なことになる」

「面倒なこと？」

「ええ。結局、探索の名目で、御公儀から無理難題を押しつけられる。先般《せんぱん》も、出没している盗賊から町人を守るという名目で、主だった商家の蔵はもとより、隠し蔵や寮まで色々と調べさせられました。盗賊に狙われやすい所を事前に探し出させて、同心が立ち寄る所にして盗賊を牽制《けんせい》するためというが、本当の狙いは商家の隠し財産を見つけ出して、冥加金《みょうがきん》を増やすことだったのです」

「ふむ……」

「私は町年寄の立場だから、町奉行の命令に従って粛々《しゅくしゅく》と取り調べを行ったわけですが、同じ町人として、商人たちを裏切っているような気がして、どうも嫌な思いがしましてね」

同じ町人ではあるまい。特権町人で名字帯刀を許され、奈良屋《ならや》、樽屋《たるや》とともに家康が江戸入府したときから世襲の、巨大な権力を手にしている町人だ。八百八町を司る立場なのだから、そんじょそこらの町人とは違う。だからこそ余計に、町人を裏切るような行状は避けたいのかもしれないが、聖四郎から見ても、

——お上の手先。

という印象は拭いきれなかった。

「では、此度《こたび》も公儀には別の狙いがあるとでも？」

「そうでなければ、よいのですがな……」

久右衛門が曖昧に頷くのを、久美花も煮えきれなさに不満を抱く目で見ていた。

三

その夜、聖四郎は両国橋東詰にある『桜草《さくらそう》』という料理屋に、菓子を作るため

に赴《おもむ》いていた。

嘉祥御祝儀《かじょうごしゅうぎ》といって、諸大名が江戸城へ参勤して、将軍から菓子を賜《たまわ》るという儀式がある。そのめでたい儀式にあやかって、町屋でも餅や団子などを作って奉公人などに振るまった。

丁度《ちょうど》、隅田川の花火を見ながら、白玉やところてんを食べるように、料理屋に設《しつら》えた物干し場や縁側などに座って、夜空に燦然《さんぜん》と輝く花を仰ぎ見ながら菓子を楽しむのである。

出張料理をする聖四郎が、菓子を頼まれるのは珍しいが、食事の締めは甘味が肝心である。懐石を出した最後には、季節の果実と豆腐や湯葉などに、餡蜜《あんみつ》を絡めて冷やしたものが喜ばれるので、誠心誠意を込めて作った。

集まりは、近在の大店の若旦那衆で、馴染《なじ》みの芸者連れで遊んでいるようだった。聖四郎も店の女将に誘われて、物干し場に作った〝花見櫓〟から、花火を眺めていた。桜の季節には大川の土手に咲き乱れる桜が見られるから、この名がある。

ふと目を移すと、両国橋がすぐ眼下にあることに気づいた。

今は夜だから、闇にまぎれてぼんやりとしているが、橋の上の人々の顔は、まるで舞台上の役者の顔のように、意外とハッキリ見えるものだなと気づいた。

ふいに昨日の矢で射られた浪人……いや、室井という目付のことを思い出した。

「やはり、あれは狙われたのか……もしかしたら、ここから射られたのでは」

と聖四郎の脳裏に余計なことが浮かんだ。

花火ではなく、橋の上ばかりを見ている聖四郎に女将は気づいてか、

「あらら。花火はあっちでございますよ」

「え、ああ……俺は少々、偏屈でな。花火を見るよりも、花火を見上げて、喜んで手を叩いたり、溜息をついたりしている人たちの姿を見る方が好きなんだ。丁度、料理を食べて喜んでいる顔を見るようにね」

「さすがは乾聖四郎様。おっしゃられることが違いますね」

女将がおかしそうに笑ったとき、仲居が盆を持って入って来て、聖四郎に対して煎茶を勧めた。一仕事を終えて、ご苦労様という気遣いだろう。

「これは、ありがたい」

聖四郎が茶をすすると、甘茶のような香りのする不思議な味わいだった。しかも、ひんやりと井戸水で冷やしてあった。川風が心地よいとはいえ、少し蒸す宵だから、すうっと体が休まった気がした。

控えめに一礼をして、廊下に去ろうとした仲居に、聖四郎はさりげなく、

「どうも、ごちそうさま。疲れがとれましたよ」

と声をかけた。仲居は恥ずかしそうにコクリと頭を下げて、後ずさりをするように立ち去った。聖四郎が『桜草』で仕事をするのは三度目だが、この前はいなかった仲居だと思って、女将に尋ねてみた。

「まあ、目をつけるのが早いこと。聖四郎さんは、女の人と食材にはいつも目を光らせてるって噂ですけれど、さすが……おゆいさんは綺麗ですものねえ」

瞳は真っ黒なのに澄んだように輝き、鼻筋や唇は浮世絵から飛び出てきたような美しさであり、物腰もしなやかで男好きがする。しかし、どこか寂しげな雰囲気は人知れぬ苦労によるのだろうか。聖四郎はそう感じていた。

「それじゃ、まるで俺は女たらしじゃないか」

「あら、違うのですか？」

あと十歳若ければ言い寄りたいところだと冗談を言う女将を、さりげなくかわしながら、聖四郎はもう一度、おゆいという仲居について尋ねた。

「本当に気に入ったみたいですね……でも、ダメですよ」

「ん？」

「おゆいちゃんには、実は言い交わした殿方がいるんですよ、残念でしたね」

「なんだ、そうなのか」

と聖四郎は照れくさそうに頭を掻《か》いたが、本気で言い寄るつもりなど更々《さらさら》なかった。

おゆいの歳はまだ二十三、四だろうが、どこか若さがない。覇気《はき》がないのだ。何かに囚《とら》われて生きている。そんな感じを受けた。これは長年、諸国遍歴して料理修業をしていたから、なんとなく分かるとしか言いようがなかった。

言い交わしたというよりも、身請けをしてくれるらしい。身請けといっても、『桜草』は料理屋であって女郎屋ではないから、金で片が付くわけではない。妾として、寮に囲われるという。もっとも、礼金として店にも幾ばくか払われるが、そのことはあえて女将は話さなかった。

「なるほどね。あの美しさならば、さもありなんだ。身請けする旦那が羨ましいよ。何処の誰なんだ、その果報者は」

「あら、そんなこと訊いてどうするのです？」

「隠しているのかい」

「そうじゃありませんが……私の口から、あれこれ喋《しゃべ》るのもねえ……」

「だったら、俺が直に訊いてみよう。なに、女将さんや店には迷惑はかけないよ」

なぜ、そんなにおゆいのことが気になるのか、女将の方が不思議そうだった。

隅田川の空には、まだドンッドンッと花火が上がっており、腹の底まで響き渡る音が続いている。店の客たちは歓声を上げながら見ていたが、聖四郎は〝花見櫓〟から階下の座敷に降りて、食膳の片付けをしていたおゆいに声をかけた。

「おゆいさん」

急に名を呼ばれて、おゆいは一瞬、硬直したように肩を竦《すく》めたが、

「そこまで驚くことはなかろう。女将さんから聞いたんだ」

と聖四郎が笑顔を投げかけると、安堵《あんど》したように微笑みを洩らした。意外と子供っぽい顔をしているのだなと感じた。口元に小さなえくぼが浮かんでいた。

「いつから、ここに奉公を？　半年程前に料理を頼まれたときにはいなかったが」

「はい。二月《ふたつき》程前に」

意外と短いのに聖四郎は少し驚いて、

「たったの……でも、その間に、旦那さんに口説かれたわけだ」

「女将さんがそう？」

「何処の誰なのかな。あなたのような綺麗な人を射止めたのは」

「綺麗だなんて……」

おゆいは控えめな様子で否定した。生来、持っている謙虚さであって、わざとらしい態度ではない。

「羨ましいと思ってね、その旦那さんが」

「日本橋岩倉《いわくら》町にある『富士乃屋《ふじのや》』という両替商でございます」

「あの……!?」

岩倉町は日本橋通りに面した町で、『富士乃屋』といえば、わずかこの二年程でめきめき成り上がった両替商である。しかも、幕府の重職である勘定奉行の佐渡倉《さどくら》内膳《ないぜん》とも、深い繋がりがあると言われている。

聖四郎は松平定信と関わりがあるので、色々と幕府内部のあれこれが耳に入ってくるが、

——煮ても焼いても食えない奴。

との評が流れている男だ。にもかかわらず、そんな噂なんぞ全く気にしておらず、町場を歩くときも、屈強で人相の悪い用心棒を常に数人連れ歩いている。これ見よがしの成金ぶりは、金糸銀糸のまばゆいばかりの羽織や着物、帯などを見ていても分かる。

「なるほど……あの御仁《ごじん》か」

と聖四郎はガッカリした口調で言った。おゆいに対して、男を見る目がないなと言いたいところだったが、喉元で抑えた。

「ところで……昨日の騒ぎは知っているかい」

「昨日？」

「ああ。浪人者が、あの両国橋で矢を受けて死んだ一件だよ」

どうして、そのような話を訊くのだという目でおゆいは聖四郎を見つめ返して、

「後で聞きました……びっくりしました」

「だろうな。すぐ、そこであった出来事なんだからな」

「ええ……」

おゆいはなぜか、その話題は興味がないというふうに食膳を厨房に運んでいこうとしたが、聖四郎はさりげなくついて行きながら、

「妙な者を見かけなかったかい？」

「え？」

「昨日だよ。この料理屋に、あまり見かけない、ならず者風の男が出入りしていたのを、飴売りが表通りから見ていたらしいのだ」

「さあ……」

分からないと、おゆいは首を振った。さほど大きな料理屋ではない。客でもなく、店の者でもない人間が出入りすればすぐ分かるはずだと、おゆいは答えた。

「だろうな……」

何が訊きたいのかと、おゆいは聖四郎を振り返ったが、

「いや。何も知らないならいいんだ。俺にも関わりのないことだからな」

と誤魔化《ごまか》した。なぜ、誤魔化したのか、聖四郎は自分でも分からなかったが、それはとりもなおさず、

——おゆいの暗い表情が気になった。

からに他ならない。

料理屋の外では、まだドンッドンッと花火が上がり続けていた。江戸中が震えるような激しい音だった。

四

その数日後、しとしとと降る雨の中を、一人の男が神田川沿いの藪の中を突っ走っていた。前夜から降り続いていた土手はぬかるんでいて、一歩踏み外せば、神田

川に転落するに違いない。

御茶ノ水《おちゃのみず》から四谷《よつや》に至るこの辺りは、深い谷になっている。もし滑落《かつらく》することがあれば、そのまま藍色の川に沈んで、浮かび上がってくるのは何日も先になるであろう。

「そこまでだ、音吉《おときち》」

と行く手の雑木林の中から、ふいに近藤が現れた。北町同心である。

「ほ、本所廻りがなんでえ！」

音吉は近藤を見るなり、悪態をついた。以前にも、富ケ岡八幡宮《とみがおかはちまんぐう》あたりで、盗みや喧嘩をして捕まったことがあるのだ。

「てめえなんざ、同心の風上にも置けないクソやろうじゃねえか。捕まってたまるか」

「おまえの言うクソやろうに追われるてめえは、クソ以下だ。ウジ虫めが」

と近藤がいきなり踏み込むと、音吉は驚いて逃げようとして足を滑らせ尻餅をついた。それでも必死に這って逃げようとするのへ、追って来た岡っ引や捕方が飛びかかって押さえつけ、素早く縛り上げた。

「やめろ！　なんだ、てめえ！　俺が何したッつうんだ」

音吉は怒声を上げ暴れようとしたが、まったく無駄な抵抗だった。

「大人しくしやがれ。てめえが、大黒屋《だいこくや》から五両盗んだのは、先刻承知だよ」

近藤は音吉の腹を蹴り上げたが、

「知るけえ！　ばか！」

と、音吉は声を限りに叫ぶばかりであった。

すぐさま最寄りの自身番に運ばれた音吉は、三畳の板の間に座らされ、〝ほた〟と呼ばれる鉄の輪に鎖ごと繋がれて、身動きできないでいた。しかし足をバタつかせる上に、あまりにも大声で怒鳴るので、猿ぐつわも嚙まされた。

「大人しくしねえと、このまま獄門送りだぞ。さ、正直に言え」

と近藤は頰を張り飛ばしたが、猿ぐつわを嚙まされたままではモノも言えない。

益々、抗《あらが》う音吉だったが、ガラリと表戸が開いて吟味与力の塚本平八郎《つかもとへいはちろう》が入って来た途端、空気が異様なほど張りつめた。

「これは、塚本様……」

近藤も腰を引いて土間に控えると、塚本は神経質そうに頰骨を撫でながら、手にしていた笞《むち》をそっと音吉の肩にあてがい、

「ようやった、近藤。後はこちらで預かる」

「と申しますと」

「大番屋で篤《とく》と調べてから、奉行所へ連れて行く」

「いや、しかし、これは……」

「おまえの手柄を奪うつもりはない。むしろ、奉行から褒美が出るであろう」

「褒美……」

「うむ。こやつは、先日、両国橋にて、目付の室井太平様を、矢で狙い射って殺した下手人なのだからな」

「ええ!?」

驚いたのは近藤の方だった。先日の事件ならば、最初に駆けつけたのは近藤だ。その折も、その後の探索も、北町奉行直々に命じられて行っていた。

その流れの中で、音吉が浮かんだのは事実だ。丁度、その折、両国橋辺りをうろついていたのを知り合いに見られていた。もっとも、その日は花火の日だ。見物に来ていても不思議ではない。

近藤には音吉が、目付と関わりがあったとは思えないが、以前にも町方同心や岡っ引に匕首を振りかざすなど、お上を目の敵《かたき》にしていたから、

——もしかして、殺したのか。

と疑った経緯はある。だが、その日は、たしかに両国橋には行ったものの、すぐさま富ケ岡八幡宮界隈まで戻り、花火で留守をしている長屋や商家などを渡り歩いて、盗みを働いていたのである。花火の日に盗人が多いのは昔からのことだ。狙いを定めていた『大黒屋』という酒問屋から、音吉が五両ばかり盗み出したところを、近藤がたまさか見つけた。だから、追ってとっ捕まえただけである。それを与力の塚本は、目付殺しの下手人として調べるというのだ。

「では、私も臨席を賜りたく……」

と近藤が言いかけるのへ、塚本は突き放すように、

「おまえはよい。それよりも、やることは掃いて捨てるほどあるはず。しっかりと見廻りをするがよい。ただでさえ、花火の客で両国橋はごった返し、掏摸《すり》や喧嘩も多いゆえな」

「はあ、しかし……」

「くどい。事は老中松平様のご命令であること、おまえも承知しておろう」

幕府中枢の名を出されれば、近藤のような下級武士は引き下がらざるを得ない。渋々、頭を下げると、塚本は満足そうに頷いて、尚も必死に暴れようとする音吉を連れ去った。

大番屋では拷問も許されている。

死罪や遠島にあたる罪を犯した者は、町奉行の許しを得た上で、海老《えび》責めや石抱きという耐え難い拷問をされる。すでに許可されていた塚本は、吟味というよりも拷問をするのが初めからの狙いだったかのように、音吉に石を抱かせた。

咎人を砂利の上に座らせる。場合によっては、三角に尖《とが》った洗濯板のようなものを敷いて、さらに石を載せる。十貫程（約三十七・五キログラム）の重さだから、子供が乗っているようなものである。

「う、うぎゃあッ」

膝から下に激痛が走った。相当の根性の持ち主でも、すぐにやめてくれと叫ぶ。だが、音吉は、

「お、俺は……やってない……」

と必死に訴えた。

さらに五貫の石を置くのだが、その途端、グサリと膝下に砂利が食い込み、失神しそうになる。気を失われては、白状させることができないから、その五貫の石を取り除き、

「どうだ？」

と与力が顔を突きつけて問いかけると、どんな猛者《もさ》でも、

「や、やりました……私がやりましたッ」

そう訴えて、石をどけるように哀願するのだ。

例に漏れず、音吉も自分が目付を殺したと自白した。

五

「どう思う、乾聖四郎さんよ」

富ケ岡八幡宮の裏手にある聖四郎の長屋に、近藤が訪ねて来たのは、蒸し暑い夏の昼下がりだった。音吉が自白をしてから二日後である。

「どう思うと言われてもな。俺には答えようがない」

聖四郎は長屋に設えてある二つの竈《かまど》で、今夜、ある商家に出向いて作る料理の下ごしらえをしていた。

「だが、あの日、あんたもあの場にいたんだから分かるだろう。尋常じゃねえ殺され方だった。第一、何処から、あんな矢を射るンだ。俺はあれから、あの近辺をあちこち探ってみたが、そんな所はねえんだよ」

「本当にきちんと探したのかねえ」

「どういう意味だ」

「両国橋東詰に『桜草』という料理屋がある。俺もたまさか仕事で出かけて分かったのだが、あそこの〝花見櫓〟からは、橋の上がよく見えるんだよ」

「花見櫓？」

「行ってみりゃ分かるよ」

「何が分かるんだ」

「そう何もかも俺に訊きなさんな。あんた、腕利きの町方同心なんだろ？　自分の足で調べてみたらどうだい」

「まあ、そう言うなよ。俺とあんたの仲じゃねえか」

「大した仲じゃないよ」

聖四郎は本当に好きになれなかった。腕は立つし、同心としての正義感もある。悪い奴ではないのだが、発している匂いが嫌いだとしか言いようがなかった。

「頼むから、一緒に来てくれないか、聖四郎さん」

「おいおい。さん付けなんざ気持ち悪いぜ」

「今般の事件は、どうも俺一人じゃ手に負えそうにないんだ」

「俺の知ったことじゃ……待てよ……」

　と聖四郎は思い出したように、

「その『桜草』って店には、おゆいという仲居がいるのだが、何か知っている節がある」

「どういうことだ」

　近藤は身を乗り出して、詳細を聞きたがったが、聖四郎も確信があるわけではないと断った上で、

「あんな大きな事件が近くであったんだ。しかも、大勢の人の前でな。自《おの》ずとその話が上ろうってもんじゃないか。ところが、避けたがってるように思えた」

「避けたがってた……」

「これも俺の受けた感じとしか言いようがないがな、何か知ってるかもしれぬ。一度、当たってみる値打ちはあると思うがな」

「そうかい。だったら尚更《なおさら》一緒に来てくれねえか」

「なんでだよ。俺には俺の仕事がある」

「そう言われちゃなんだが……本当はちょいとばかり怖いンだよ。今度の一件が」

　と近藤は珍しく怯《おび》えたような暗い顔になって、

「音吉は吐いちまったが、ありゃ拷問によるものだ。俺には到底、あいつがやったとは思えねえ」

「だったら、どうして捕らえたりしたんだ」

「あれは盗人でな……」

近藤は悔やんだように言いかけたが、思いを留めるように自分に頷いて、

「まあ、いい。俺は、音吉を助けてやりたいだけだ。このまま死罪になってしまえば、あいつが死ぬだけじゃねえ。本当に目付を殺った奴を永遠に逃がしてしまうことになるからな」

聖四郎は何と答えてよいか分からなかったが、たしかにコソ泥を働くならず者がやらかしたこととは思えない。弓矢の名手などを探すのが筋だと思うが、お上がそれも十分にやらないとなると、

――何か裏がある。

と勘ぐらざるを得ない。

聖四郎は出張料理に出向く道すがら、『桜草』に立ち寄って、近藤を女将に引き合わせた。女将は愛想良く笑っていたものの、商売をしている店に、黒羽織の十手

持ちに出入りされてはたまらないと思ったようで、ぞんざいに対応していた。

「さあ。私の店じゃ、人殺しのことなんて、あまり話題にするなと奉公人にきつく言ってあるので、おゆいさんも余計な事を喋らなかったンじゃないんですか。もっとも、あの人が何か知ってるとは思えないけれど」

と女将が言うので、近藤は聖四郎に救いを求める目を向けてから尋ねた。

「いや。こっちも商いの邪魔をするつもりはねえんだ。もう知ってると思うが、その一件の下手人……いや、下手人とおぼしき奴は捕まった」

「音吉って遊び人でしょ？　あのタチの悪い奴だったら、やりかねないわねえ。ええ、うちも一度ならず二度までも、脅されたことがありますからねえ」

「だが、弓矢で一撃ってことは、奴には無理だ。そこでだな……」

「無理かどうかなんて、私には分かりませんよ」

女将は冷たく言い放った。

「とにかく、客商売なんですから、変な噂は困ります。おゆいさんだって、もう店を辞めてますからねえ」

「辞めた？」

聖四郎の方が身を乗り出した。たしかに〝身請け〟されることは聞いていたが、こんなに早く辞めるとは思ってもみなかった。三、四日前に、つまり音吉が捕まる前に、おゆいは既に居を移していたのだ。

「行き先はどこだい？」

「近藤の旦那……またぞろ、そこに行って、あれこれ面倒なことを訊くつもりでしょ。おゆいさんは、それこそ何も関わりないんだから、ほっといてあげなさいな」

「別に面倒なんざかけないよ」

「そっちにそのつもりがなくたって、十手持ちにズケズケ来られた方はたまったもんじゃないんですよ」

この女将も、お上のことがどうも好きではないらしいが、何か人に知られてはマズいことでもあるのだろうか。聖四郎はそう勘ぐったが、あえて何も言わず、

「近藤さん……かくの如《ごと》く、目付が死んだことには、俺たち町人はあまり関心がないってことだ。何かあったから殺されたのだろう。その程度のことだ。これが、町人が殺されたとなりゃ、瓦版《かわらばん》なんぞももっと騒ぐんだろうがな」

「だったら、音吉はどうなのだ。やってもない罪のために殺されるかもしれないのだぞ」

「そりゃ旦那の落ち度でしょうが。きっちり守ってやりゃよかったんだ。本当に下

手人でないならばね」

「聖四郎……おまえ、まさか音吉がやったと……」

「思ってないよ。だけど、本当の下手人探しは俺の仕事ではない。いつも言うが、巻き込まないで欲しい。あの方絡みのことならば、尚更な」

と自分でも少しばかり身勝手な言い草《ぐさ》だとは思ったが、正直、聖四郎もお上のゴタゴタにかかずりあうのは御免だった。

六

近藤は、聖四郎から聞いた両替商『富士乃屋』の店を訪ねた。

大通りに面しているせいか、客は頻繁に出入りしており、幕閣や大名が取り引きしているだけあって、武家の姿もかなり見えた。

帳場では頭の切れそうな番頭が忙しそうに算盤《そろばん》を弾いて、大福帳と見比べており、壁を隔てた奥は寺の本堂のような広間になっていて、文机《ふづくえ》が数十並んでおり、そこには机の数だけ手代らが座り、パチパチと算盤を物凄い勢いで弾いていた。

その音たるや壁や床を箸で叩いているような激しさで、しばらく側にいると耳がおかしくなりそうな、騒々しい音の波だった。

さらに奥に案内された近藤は、先客を送りに出て来た『富士乃屋』の主人と鉢合《はちあ》わせになった。背は余り高くないが、鍛え上げた分厚い胸板が映えるような、金色の派手な羽織を着ていた。

主人は近藤をちらりと見て、顎を引く程度の挨拶をし、

「『富士乃屋』の主人、角兵衛《かくべえ》でございます」

と少し嗄れた声を洩らした。

手代に言われるままに、奥座敷に入った近藤は、客を店先まで見送りに行った角兵衛を待っている間、

――何処かで会ったような顔だ……。

と天井を見ながら考えていたが、どうしても思い出せなかった。これといって特徴がある顔ではない。瞼が腫れぼったくて、眉毛が薄いのだけが目に残っているが、そのような顔は何処にでもあろうというものだ。

冷たい茶を出されて、近藤は少しばかり驚いた。中には小さな氷が浮かんでいて、これがまた甘い。

手代の話によると、蔵の地下に氷室《ひむろ》があって、冬場に降った雪が解けずに残って

いるという。その雪の中にある石の壺に水を入れておくと、夏でも猛暑にならない限り、冷や水を楽しめるという。

角兵衛が戻って来ると、近藤は威圧するように見上げて、

「おゆいについて訊きたいのだが……」

と単刀直入に切り込んだ。

角兵衛は全く動じない態度で、おもむろに近藤の前に座ると煙草盆を引き寄せて、煙管《キセル》に火をつけると、気持ちよさそうに煙を吐いた。

「ふう……おゆいが何ですって？」

「おゆいという女を囲ったそうだが、ちょいと話を訊きたいのだ。先日、両国橋で目付が殺される事件があってな。そのことで、おゆいが何かを見たかもしれないのでな」

「何かと言いますと」

「それを訊きたいから話したいのだ」

「その事件は、私も耳にしましたが、下手人はもう捕まったのではありませんか？」

「ほう、よく知っているな」

「町の噂じゃないですか。それに私は、御公儀の偉い方々とも少々、おつきあいがありますので、自ずと……」

耳に入ってくると言いながら、背後にある権力者の存在を訴えたいようだった。だが、近藤はあまり、そういうハッタリには屈しない気質《たち》で、むしろ権力を笠に着る奴ほど突っつきたくなる。

「御公儀のお偉方と知り合いなら、もっと話が早い。音吉という遊び人は、下手人じゃねえと、おまえからも言ってくれぬか。あれは、塚本という与力の早とちりだとな」

「私にはそのような権限はありません」

「ふむ。おまえも、公儀の目付なんぞが殺されたところで、さほど興味はないか」

「……ま、そういうところですな」

と角兵衛はあくまでも冷静に淡々と答えた。そして、ポンと煙管を叩くようにして灰を捨てると、新しい煙草の葉を詰めながら、

「ですから、そのことについては私も、女房も話すことはありませんよ」

「女房……」

「はい。おゆいは囲い者などではありません。ちゃんと私の女房として、町名主に

も届けております」

「そうだったのかい。それは済まぬことを言ったな」

　と近藤は軽く頭を下げてから、

「それにしても……すぐに替えるのだな」

「え？」

「煙草だよ。一服か二服しただけで、煙草の葉を入れ替える」

「ああ。癖ですよ。あまり長々と吸うと苦くなるのでね」

「苦くなる……」

「はい」

　近藤はしばし角兵衛の顔を見ていたが、軽く膝を叩いて、

「そうか……思い出したぞ」

「はあ？」

「おまえ、浅草橋《あさくさ》の『桔梗屋《ききょうや》』という小間物屋で番頭か何かをしてなかったかい」

「私がですか？　いいえ」

「ほら。もう三、四年前になるが、覚えていねえか、なんて言ったか……ああ、勘《かん》三《ぞう》とかいう盗人が、ある大店から金を盗んで逃げた。そいつが、おまえの店のすぐ

裏の長屋に飛び込んで、人質を取った事件があっただろう」

「さあ……」

「あったんだよ。俺も町奉行所から駆り出されて探索をしてたんだ。その時、長屋のある一家が人質になったんで、なかなか手が出せなくてな……勘三の隙を狙うために、『桔梗屋』の離れを借りてよ、待機していたんだ」

「……」

「その時、おまえが茶なんぞを出してくれたような気が……」

「気がしているだけでしょう」

と角兵衛はキッパリ別人だと断じて、

「私は上方で掛屋《かけや》をしておりました。江戸でいう札差《ふださし》ですな。たまたま、勘定奉行の佐渡倉内膳様と知り合いまして、心機一転、江戸で両替商をしようと出て来たのが、二年前のことでございます。ですから、三、四年前の話は分かりません」

「ほう。勘定奉行の佐渡倉様と昵懇とはな……」

「昵懇とは申しておりません」

佐渡倉の名前を出したのは間違いだったとばかりに、角兵衛は唇の片隅を噛んで、すぐさま話題を逸《そ》らすように、

「そうだ。近藤様。もし、お金の入り用があれば、特別に無利子で、お貸し致しましょう。その代わり、時々、店を訪ねて来てくれませんか」

「おかしなことを言うなア。商いをしてる者は迷惑なんじゃねえのか、町方同心にうろつかれると」

「逆でございます。町方の旦那が立ち寄っていれば、盗人たちも近づきますまい」

「盗人ねえ……」

近藤はもう一度、嘗めるような目つきで角兵衛を見やって、「たしかに『桔梗屋』の店の者だと思ったのだがな」

「いいえ。違います。何なら、色々な人に証言して貰ってもようございますよ。別に何か疚《やま》しいことをしているわけじゃないですから」

と言い、言外に佐渡倉に証言させてもいいのだという意味合いがあって、近藤は微かに笑みを洩らしていた。

「それには及ばねえよ。町奉行には町奉行のツテがあるのでな」

「さようで……」

「では、おゆいは何処におる」

「ですから、女房は……」

会わせたがらない様子なので、近藤はそれ以上、踏み込む素振りは見せず、

「分かったよ。せいぜい〝箱入り女房〟にしてやるがいいぜ」

と背中を向けて廊下に立った。

その背中を見る角兵衛の目が一瞬にして、鋭いものに変わった。近藤も殺気を感じたのか、ぞくっと体を震わせて振り返った。

だが、その寸前、角兵衛は穏やかな顔に戻って、丁寧に頭を下げた。

七

隅田川の花火は小雨混じりでも中止にはならない。土砂降りなら火種が消えてしまうので、どうしようもないが、今夜くらいの雨ならば、むしろ綺麗に燦めいて美しく咲く。

この夜——。

近藤が『富士乃屋』を訪ねた夜、聖四郎は久美花を伴って、屋形船に乗っていた。乗り合いならば、五十人は乗れる大きなものだが、客はわずか四人。『船松《ふなまつ》』という船宿の船で、浅草橋辺りから川を下って江戸湾に出て、海から遠目に花火を眺め

る趣向だった。

魚は鎌倉鰹《かまくらがつお》、いなだ、しめ鯖《さば》、貝は蛤《はまぐり》の塩辛に蒸し鮑《あわび》、菜のものは糸瓜《へちま》や新里芋、新蓮根《しんれんこん》、長茄子《ながなす》、花ささげなど旬のものを懐石風にした。先付、焼き物、煮物、八寸、椀物、夏にもかかわらず鍋物を淡々と流してから、田鴫《たしぎ》を燻《あぶ》り焼きにしたものに、豌豆《えんどう》や大豆などを粉にして作った出汁《だし》で、さらに蒸し焼きにした。これが今夜の〝一番皿〟である。

四人の客は黙々と、あまり無駄な話もせず、遠い空に一瞬にして光り輝いては消える花を、開けた障子窓越しに眺めていた。

聖四郎は口直しの水菓子を出した後、しめに鯛汁による茶漬けを出した。ふつうは逆であるが、ほっと息をつきたいときは、茶漬けに限る。昆布と鯛だけで取った汁に、鯛の身は入れず、ちりめんじゃこと木の芽だけのさっぱりしたものを加え、風味だけを楽しむ。

「さすがは乾聖四郎殿。天下に聞こえる備前宝楽流の嫡子だけありますな」

と上座のご老体が、ぽつりと言った。

他の三人は、いずれも働き盛りであろうか。行灯を暗めにしているので、顔ははっきり見えないが、いずれも商人《あきんど》のようだった。

沈黙を続けているということは、おそらくご老体に遠慮して話さないのであろう。その雰囲気はひしひしと伝わってきた。もし花火の音がなかったら、きっと間が持たないに違いなかった。

「皆様、如何《いかが》でございましたでしょうか」

聖四郎が一間余り離れた所に控えて声をかけると、

「大変、よろしゅうございました」

と、ご老体が答えた。他の三人も、ほんとうに結構なお点前《てまえ》で、と茶席のような要領で礼を言った。懐石は茶事が発展したものであるから、作法は当然であったが、聖四郎には四人にどこか違和感を感じていた。

茶釜や茶碗、香合《こうごう》だけでなく、この場に相応《ふさわ》しい屏風や掛け軸を用意して、屋形船の中をひとときの茶室に見立てている。

庖丁人が客の話の中に入ってはならない。望まれたとしても、適度な間合いを取って、相手の〝縄張り〟に立ち入らないのが礼儀であると聖四郎は考えていた。特に、相手が自ら言わない限り、どういう集まりかなどは訊いてはならない。それが庖丁人の客をもてなす心がけである。

今宵の客は、実は松平定信から紹介があってのことだった。聖四郎は初め胡散臭

いものを感じて断ったのだが、その中に、『富士乃屋』の主人がいると聞くと、

——何かある。

と察して、引き受けた。松平定信もその辺りを承知の上で、聖四郎に頼んだ節がある。定信得意の腹芸で、言葉に出さずとも分かってくれというやつで、いささか煩《わずら》わしかった。が、おゆいについてもやもやしたものが残っていたから、渡りに船と引き受けたのである。

聖四郎はすっと身を引いて、船尾にある厨房に戻ったが、心と耳を研ぎ澄まして、四人の話を聞いていた。

「さて、御前様……」

とおもむろに口を開いたのは、『富士乃屋』の主人、角兵衛だった。もちろん、聖四郎はその顔は知らない。

「ここに来る前、北町の近藤と名乗る同心がうちに来て、目付殺しにつき、あれこれ尋ねられました」

「目付殺し……室井太平のことか」

そう応じたのは、ご老体で、他の二人はじっと黙って聞いている様子だった。

「はい。捕まった音吉は無罪である、他に下手人がいるはずだ。ついては女房に話

を訊きたいということでした」

「女房……？」

「はい。私が行きつけの料理屋の元仲居で、おゆいと言います。なかなかいい女なので、まあ、どうせ金目当てでしょうが、向こうから言い寄って来たこともありましてな、この際、女房にしてやったのです」

「その女は何者だ？」

「何者……と申しますと」

「素性ははっきりしておるのかと訊いておる」

「はい。それはお任せ下さい。私もこういう商いをしているのです。信用に足る女かどうかは調べております」

「ならよいのだがな、おかしな者とは関わるな」

と、ご老体は疑り深い目になった。

「あの室井が殺されたのも、考えてみれば妙な話ではないか」

「あ、はい……」

「しかも、弓矢を使ってなどと……どうにも解《げ》せぬところがある」

「では、御前様も音吉という遊び人がやったことではないと？」

御前と呼ばれたご老体は、ゆっくりと指を立てて、下手に呼びかけるなと無言で制してから、角兵衛に身辺に気をつけるよう言い含めた。

「はい。しかし、近藤が言うように、万が一、音吉という者の仕業でないとすると、他に誰がやったのでしょう」

「知らぬ。だが……町奉行は、音吉とやらを下手人にして片を付けたいようだ。目付の室井は、おまえたちも承知しているとおり、松平様が目をかけていた奴だ。御公儀が躍起になる気持ちは分かるが、かといって、それによって……あのことが穿《ほじく》り返されてはたまらぬ」

ご老体が深い溜息をつくと、角兵衛は首を振って、

「それならば杞憂《きゆう》でございましょう。むしろ、私たちにとっては、室井が死んだのは勿怪《もっけ》の幸いではございませんか？」

「たしかにな……だが、松平様の動向が、全く我らの耳に届かなくなる恐れもある」

「ですが、同じ秘密を知っている者は少なければ少ないほどよろしい」

「おい、角兵衛……貴様、まさか……」

ギラリと睨みつけたご老体の目に、少し怯えたような顔になった角兵衛は、

「冗談はよして下さいませ。たとえ室井が離れても、私と御前……いや、あなた様とは一心同体。決して、裏切ることはありません」

「その言葉、信じておるぞ。さもなくば、おまえの今の立場も身代もなくなる」

「はい。重々、承知しております」

「それにしてもだ……」

と、ご老体はもう一度、唸るような溜息をついてから、

「音吉なる者が、本当に室井を殺したかどうかが気になる。とはいえ、それを探っている近藤という同心も面倒だ。我々の周りを蠅《はえ》のように飛ぶ輩は、頃合いを見て始末しておけ。よいな」

そう命じたとき、ドドドドン！　と一際激しい音が鳴り響いた。同時、パッと明るい光が屋形船の中まで届いて、壁で揺れていた掛け物を照らした。その茶掛《ちゃがけ》には、

『放下著《ほうげじゃく》』

と太い毛筆の字で書かれてあった。

捨ててしまえ――という意味の禅語である。

長く辛い修行の末、何もかも一切捨てたとしても、〝無いことを誇りに思う〟という心は残る。その厄介な心も捨てなければ、すべてを捨てたことにはならぬとい

う教えだ。

「ここにいる連中には縁のなさそうな言葉だったな……」

と聖四郎は厨房で呟いていた。

八

おゆいは『富士乃屋』の店にはおらず、上野《うえの》の不忍池《しのばずのいけ》に面した寮に住んでいた。丁度、出合茶屋が並ぶ池畔の反対側で、夏でも枯れたような芦原《あしはら》がいい塩梅の塀になっていて、水鳥たちが寄って来る趣ある数寄屋《すきや》造りの屋敷だった。縁側がそのまま池畔に続いており、裸足《はだし》で降りていって、水際で遊ぶこともできる。

あまりにも暑いので、おゆいが肌着だけになって、素足をひんやりとした水に浸けていたときだった。ふと背中に視線を感じて振り返ると、そこには聖四郎が立っていた。

「あっ、吃驚《びっくり》した……乾聖四郎さんでしたか……」

と、おゆいは小娘のように恥じらって、白い素足を裾で隠すように縁側に戻ると、体を捻《ひね》って足を拭いて、

「お見苦しいところを……どうぞ、お上がり下さいまし」

「主人の留守中に構わないのですか」

「ここには夜しか来ません」

「夜しか？　きちんと祝言を挙げたと聞きましたが」

「祝言はまだです。もちろん、妾ではなく、ちゃんとした妻ですよ」

おゆいは少しだけ自信を得たような口ぶりになり、

「ですから、この家も私が好きにしてよいのです」

座敷には小さな文机があって、その上に杏子《あんず》とすももが幾つか並んでいた。

「砂糖水ならありますよ」

と、おゆいは甲斐甲斐《かいがい》しく厨房まで行って、湯飲みに注いできた。聖四郎は遠慮なくそれを飲んで、ふうっと一息ついた。風鈴がちりりんと一鳴りだけした。

「お手伝いはいないのかい？　これだけの屋敷なのに」

「いません。たしかに一人では広すぎますが、夜は主人が来ますし、他人に家にいられると落ち着かないんです」

「意外と神経が細かいのだな」

「そんなことはありませんが……聖四郎さん、今日はどういうご用件ですか？　わざわざ、ここを探して来たんですから、何かあるのでしょ？」

先日会ったときとは違った雰囲気のおゆいだった。どこかサバサバしたような、それでいて気持ちが張っているような。

「これが、あなたの望んでいた暮らしなのかい？」

「……どういう意味ですか」

「籠の鳥という感じじゃなかったから……『桜草』で会ったときには」

「そうですか？　でも、女ひとりで生きていくのは、なかなか難しいですからね」

「そうだな。でも、男を頼ってばかりの女にも見えなかったが」

「聖四郎さんは、そうやって女の人を、あれこれ見立てるのが好きなのですか」

「そういうわけではないが、気になる女の人には少々、ちょっかいを出したくなる性分でね。もちろん人妻も生娘《きむすめ》も関わりなく」

「あらら、私はどうしたらよいのでしょう。人の妻ですからね、不義密通で獄門台に晒されるのは嫌ですよ」

「そうなってもよいという相手としか、不義密通はしないものだ」

「私とはどうなのですか？」

「そうだな……心中の方がいいかもしれぬな」

と冗談めかして言ったが、おゆいの方もまんざらでもなさそうに艶《あで》やかに微笑んだとき、近くまで来ていた池畔の水鳥が羽音を立てて沖へ逃げた。

今一人、訪問者がいたようである。聖四郎は主人が来たかと思ったが、竹林の小《こ》径《みち》を抜けて来たのは、近藤だった。

「おや。これまた手が早いな、聖四郎さんよ」

と近藤は砕けた声で言ったが、目は微塵《みじん》も笑っていなかった。

ジャリジャリと足音をさせてきた近藤は、遠慮なく座敷に上がって、まるで聖四郎を押しやるようにして胡座《あぐら》を組むと、

「おい、おゆいとやら。正直に申せ」

と唐突に問いかけた。

「あの、旦那は……」

誰だか覚えていない、そんな態度のおゆいだったが、聖四郎は近藤のことを信頼のおける同心だと説明してから、

「近藤の旦那。一体、何のつもりだい」

と機先を制するように迫った。が、近藤はまるで、ここに来るまでに酒で気持ちに勢いをつけていたかのように食らいついた。

「こっちは音吉を救わなきゃならねえンだ。奴は小伝馬町の牢屋敷に送られた。下手すりゃ明朝、処刑だ、一刻も早く助け出してやりてえんだよ」

興奮気味に話す近藤を、おゆいは啞然と見ていた。

「おゆい。なあ、ひょっとしたら、おまえが室井を殺したンじゃねえのか？」

と吐き捨てるように言った。あまりにも唐突なことに、さすがに聖四郎も気分を害して、近藤の胸を押しやった。こういうずうずうしさが、どうしても好きになれないのだ。

聖四郎は、昨夜、屋形船で見た不思議な連中のことを話そうとしたが、その前に近藤は怒鳴るように、

「聖四郎さんは黙っててくれ。おい、おゆい。俺は『富士乃屋』の主人について、ちょっとばかり気になることがあってな……三年前のあの事件を調べてたらよ……おまえに、ぶつかったんだよ」

何のことだか分からないと、おゆいは救いを求めるように聖四郎を見た。

「そんな目をしても無駄だ、おゆい」

と近藤は続けて、

「浅草橋の平助《へいすけ》長屋と聞いて、何か思い当たることはねえか」

おゆいの目が一瞬泳いだ。そして、戸惑ったように顔を背けたが、大きく揺れる胸の動きが、何やら関わりあることを物語っていた。

「ほら、知ってるどころじゃねえよな、おゆい。おまえが惚れて一緒になった亭主、それと生まれたばかりの赤ん坊と一緒に暮らし始めた長屋だった」

「…………」

「隠すことはねえ。俺も、あの時は、盗人をお縄にしようと、あの場にいたんだよ」

聖四郎が何の話だと問いかけると、近藤はおゆいという獲物の首根っこを押さえて少し気持ちが落ち着いたのか、声の調子が低くなって、

「三年前……おまえは、あの長屋に亭主の貞安《さだやす》と、生まれたばかりの男の子、幸吉《こうきち》の三人で、人がうらやむくらい仲睦まじく暮らしていた。間違いねえな……黙ってても無駄だ。その長屋はまだある。俺はつい今し方まで、そこの住人たちから話を聞いていたんだよ」

「…………」

おゆいは頑《かたく》なに肩を震わせていたが、今般の事件の真相に近づいたと察した聖四郎は、そっと声をかけた。

「こんな怖い面《つら》をしてるが、根は優しいお人だ。知っていることがあるなら、きちんと話した方がいい。何だか分からないが、それがあんたのためでもあるんだよ」

聖四郎の優しい声に、おゆいはまだ戸惑いながらも、小さく頷いた。

九

三年前、近藤の言うとおり、おゆいは亭主の貞安と赤ん坊の三人で、平助長屋に引っ越して来た。貞安は大工をしており、棟梁《とうりょう》の紹介で、入ることができたのだ。

生来、明るい性質《たち》のおゆいは、すぐに長屋の者たちとも馴染み、おかみさんたちにも可愛がられた。どちらかというと人づきあいが下手な亭主の代わりに近所の人たちとうまくやって、亭主をもり立てていた。

生まれたばかりの赤ん坊がいたから、おかみさん連中もあれこれ面倒を見てくれ、夜中にも医者を呼びに行ってくれたり、貰い乳をしてくれたり、泣きやまないのをあやしたりしてくれた。

そんなある日の夕暮れ。

丁度、亭主が帰って来て、夕餉《ゆうげ》の支度を始めた頃だった。

いきなり刃物を持った若い男が、表戸を蹴破るように、おゆいの長屋に踏み込んで来た。突然の出来事に煮物を作っていたおゆいは、鍋をひっくり返してしまい、自分の手を少し火傷した。

「大人しくしやがれ、このやろう！」

火傷をして痛い手を庇っていたおゆいに、若い男は抱きついて刃物を喉元にあてた。その若い男が、勘三という盗人で、ほんの半刻《はんとき》前に京橋《きょうばし》の呉服問屋に押し入って、千両箱を盗んだのだった。

もっとも他に仲間がいて、既に盗んだ数個の千両箱は小舟に載せて、入り組んだ掘割をあちこち抜けて逃げていた。だから、お上は、逃げ遅れた勘三をお縄にして、仲間の居所や金の隠し場所を吐かせるつもりだった。町方と共に火盗改も出て来て、間違いなく捕らえる態勢を取っていた。

だが、勘三は必死に逃げ回って、たまさか通りかかったこの長屋に隠れたのだ。

勘三はまだ若い。それほど盗人として経験があるとは思えなかった。だが、興奮は極限に達していて、ちょっとしたことで人質にしたおゆいの喉を斬りつけてしまうかもしれなかった。そんな危うさの中でも、おゆいはじっと堪えていた。

長屋の座敷では、亭主の貞安が仕事帰りに一風呂浴びた後、軽く一杯やりながら、赤ん坊を寝かしつけていたところだった。おかしなやろうが入って来たと咄嗟に立ち上がった貞安だが、女房を盾に取られているから、下手に動くことができなかった。

「てめえ、何しやがんだ。少しでも女房に手を出してみやがれ。ぶっ殺すぞ」

普段は大人しく無口な貞安だが、腕っぷしは強い方で喧嘩も負けたためしはなかった。だが、相手は刃物を持っている。下手をすれば、おゆいが刺される。

勘三の方も興奮してきて、二人は怒声を浴びせ合っていた。その騒ぎに近所の者たちも驚いて出て来て、部屋の前に集まったが、やはり手出しはできなかった。

大家は、若い衆に町方を呼びにやらせる一方で、勘三が蹴って傾いたままの表戸の外から懸命に説得しようとした。

「やめな、若いの。そんなことをして何になる。相手は赤ん坊を産んだばかりの女じゃねえか。男のすることじゃねえぞ」

「うるせえ、爺イ！　ガタガタ言うと、この女を殺すぞ！」

「どうしたいんだ。逃げたいのだったら、手伝ってやってもいい。だから、その女を放しなさい。さあ」

大家は少し震える声だったが、長屋の住人の手前もあって、毅然《きぜん》と振る舞った。

しかし、その声は、勘三の耳を通り抜けていくだけだった。

貞安もできるだけ相手の気を静めようとして、今度は優しく声をかけた。何か事情があるんだろう。もし、そうなら手助けをしてやる。今なら、人を傷つけていないから罪も軽いと話しかけた。

まだ若い貞安だが、いずれは棟梁になる器だと周りから思われているだけあって、冷静に事に対処していた。貞安の目には力がある。だから、勘三もほんの一瞬だけだが、後悔の色を帯びた顔になった。

「俺は……俺だって好きでやってるわけじゃねえ……」

と本音をぽろりと零した。おそらく悪い仲間に引きずり込まれて、挙《あ》げ句《く》の果てに自分だけがお縄になりそうなので、悔しさと腹立たしさで混乱しているのであろう。貞安はその内面を察したのか、

「俺も似たような悪さをしたことがある。でも、今の棟梁に出会って、大工って仕事に目覚めた。そしたら、それまでの自分がつまらなくなっちまってよ……」

優しく語りかけようと貞安が膝を進めたときである。長屋の表から、激しい怒声が聞こえた。腹の底に響き渡るほど鋭かった。

「勘三！　おまえが般若《はんにゃ》の角蔵《かくぞう》の一味だということは分かってるんだ。神妙に縛《ばく》に

ついて、頭目の角蔵のねぐらを教えりゃ、罪を軽くしてやる」

と表戸の前で話し始めたのは……その当時、火盗改方与力の室井太平だった。

「どうでえ。このままじゃ、どうせ死罪だ。命だけは助けてやろうではないか」

「うるせえッ。調子のいいことを言いやがって、騙されねえぞ」

「そうかい……なら、しょうがねえな」

室井が軍配代わりの笞をブンと振ると、俄に騒々しい足音がして、長屋を火盗改方の役人や捕方がずらり取り囲んだ。中には弓矢や鉄砲を持っている者もいる。数にものを言わせて、勘三の気を挫こうという策かと思われた。

だが、只《ただ》の脅しではなく、本当に攻撃するつもりであることが、すぐに分かる。

「近づくなッ。この女が殺されてもいいのか！」

「ああ。おまえみてえな輩を世の中に放っておくわけにはいかぬ。可哀想だが、他の江戸町人のために人質には犠牲になって貰うぜ」

そう言うなり、撃て！　と大声で命令した。

途端、鉄砲隊が数人、ずいと前に出て来て、おゆいを盾にしている勘三に狙いを定めた。さらに弓を構える者、刀を抜き払う者、鑓《やり》を構える者などが打ち揃った。まるで戦《いくさ》のような様相に長屋の者たちは怯えるように散った。

次の瞬間、ダダダン！　と発砲された。

寸前、奇声とともに貞安が飛び出て、おゆいごと勘三をぶっ倒した。ごろんと倒れたがため、二人は弾丸を受けなかったが、その代わりに貞安が背中に数発被弾した。

驚きのあまり声も出せず、一緒に倒れたおゆいを放り出し、勘三は奥の赤ん坊を抱えた。まだ自分が誰かも分からぬ幼子を、小さいからという理由で、人質にしたのだ。

だが、室井にはまったく無駄なことだった。

「やれ！」

さらに裂帛《れっぱく》の号令を上げるや、鉄砲隊が撃ち、逃げようとする勘三を役人が踏み込んで追いかけ、鎧や矢の攻撃が続いた。

「や、やめてえ！」

おゆいが叫んだ次の瞬間、赤ん坊は矢をもろに受け、貫通した鏃《やじり》が勘三の心の臓を突いた。うぐっと硬直した勘三は、そのまま赤ん坊を抱き締めるようにして倒れた。

ほんの一瞬のうちに、長屋の一室は、あまりにも凄惨な地獄絵と化した。さらに、踏み込んで来た火盗改方の役人たちが、まるで血飛沫《ちしぶき》を畳に塗りつけるように歩き回り、勘三を引きずり出した。

「お、おまえさん……こ、幸吉イ……」

亭主と赤ん坊の名を呼びながら、悲しみに暮れるおゆいを尻目に、室井は既に死んでいる勘三に笞打ってから、

「ばかめ。大人しく縛《ばく》につかないからだッ」

と何度も何度も亡骸を蹴っていた。

おゆいの目には、室井の顔が鬼か夜叉《やしゃ》のように見え、記憶に深く深く刻み込まれた。

十

「そんなことが、な……」

聖四郎はどう声をかけてよいか分からず、おゆいの横顔をじっと見つめていた。

バサバサッと水鳥が何かに驚いて羽ばたく音が聞こえた。

近藤はそっとおゆいの肩に触れた。

「あの時、俺は町方与力の命令で、近くの『桔梗屋』という小間物屋で、それこそ踏み込む機会を窺っていたんだ。人質の命が一番だからな……だが、あの鉄砲の音だ。まさかとは思ったが、駆けつけた時には……」

悲惨な状況に、体が震えたという。

「待ってくれ、近藤さん」

と聖四郎は声をかけた。

「そのことで、おゆいさんが何をしたってんだい……まさか、目付に出世した室井太平って奴を、恨みに思っていて、おゆいさんが矢で射ったとでも言うのか？」

「当たらずとも遠からず、だな」

「どういうことだ」

「言ったであろう？　俺は『桔梗屋』という小間物屋にいたと。そこに誰がいたか……おゆい、おまえは摑んでいたんだろ？」

おゆいは顔を背けたが、聖四郎の目にも、何か深く関わっていると感じられた。

「摑んでるどころか……今の亭主だ。ああ、『富士乃屋』の主人だよ」

聖四郎は屋形船の中で怪しげな話を聞いたことを思い出した。上座に座っていたご老体は何者か分からないが、おそらく『富士乃屋』角兵衛の親分格であろうと感じていた。

「角兵衛……」

と聖四郎は呟いて、まさかという表情になって、近藤を振り返った。

「聖四郎さんも気づいたようだな。角蔵と角兵衛。この二人は同じ人物。つまり……般若の角蔵は、角兵衛になっていたんだよ。そして、その頃は『桔梗屋』がねぐらだったんだ。そうと知らず、俺たち町方は、事件のあった長屋に近い『桔梗屋』に張り込んでいて、町方の動きをすべて教えていたってわけだ」

「そんな……！」

馬鹿なことがあるかと聖四郎は吐き出すように言った。

「ここからは、俺の推察だがな……」

と近藤は舌先で唇を嘗めてから、「おゆい……おまえは、角蔵という盗賊よりも、室井太平のことを怨みに思った。違うか？」

「……」

「盗賊一味の一人を捕らえるために、夫と生まれたばかりの息子が殺された。他に手だてがないわけではなかった。どう見ても、人質を犠牲にして、強引に踏み込んで殺さねばならない状況ではなかった。だから、おまえは逃げ込んで来た勘三という賊よりも、火盗改方の室井を憎んだ。そうだろう？」

おゆいは無念そうに唇を噛んで、わなわなと体を震わせた。多分、その時のことをまざまざと思い出しているに違いない。聖四郎が尋ねると、

「――思い出すどころじゃありませんよ。頭の中に張りついたまま、剝《は》がれることなんかなかった。もちろん、忘れるつもりもなかったですけど。あの日のことを、胸の中にぎゅっと抱き締めて生きてきたんです」

と、おゆいはじっと目を瞑《つぶ》った。瞼が痛くなるくらい強く、長く閉じていた。そして、おもむろに開いて聖四郎と近藤を見やり、

「北町の旦那のおっしゃるとおりですよ。私には……あの時、勘三という奴より、室井って与力の顔の方が刻み込まれました……夫や赤ん坊を殺したのは、室井だ、あいつだとずっとずっと思い続けていたんです……人の亭主と子供を殺しておきながら、目付に出世して、何事もなかったように暮らしている。それがどうしても許せなかった」

「だからって、どうして、わざわざ両国橋の上にいるのを狙ったのだ？」

近藤の疑念に、おゆいは観念してすべてを話す覚悟ができたのか、訥々と続けた。

もっとも、矢を射ったのが誰かは、決して口にしなかった。その人物が殺しの下手

人として捕まるからである。

「決行は何処でもよかった……でも、色々と巡り合わせがあってね……怯《おび》えさせるためにですよ」

「怯えさせる？　誰をだ」

「決まってるじゃないですか。勘三の仲間をですよ、うちの人と子供が死ぬきっかけを作った勘三の仲間たちを」

「仲間……それが、富士乃屋角兵衛だというのか」

「はい」

「だから、おまえは角兵衛に近づいて、色仕掛けで女房に収まって、身代をごっそり奪ってやろうとでもしているのか」

「そうですよ」

少し蓮《はす》っ葉《ぱ》に頷いたおゆいの綺麗なうなじを見て、聖四郎は、女とはここまで執念を抱き続けられるものなのかと改めて怖くなった。もちろん、おゆいの気持ちは痛いほど分かる。怒りのぶつけようがないのであろう。

「旦那もお察しのとおり、小間物屋の『桔梗屋』こそが、般若の角蔵の根城だったんですよ。それがバレてしまっては元も子もない。だから、勘三って奴は、お上に追われてるうちに逃げ損ねて、うちの長屋に来てしまった。けど、親分のことは絶対に喋らず、私を人質に取って逃げようとしたんでしょう」

おゆいは一気に話すと、しばし息を大きく吸い込んでいた。改めて思い出したために、胸が痛くなったのであろう。

「考えてみれば、勘三って人も可哀想だ。仲間の居場所を言わず、庇ったがために殺されたのだからねえ」

「だから、そいつの無念もついでに晴らしてやろうって魂胆かい。用意周到に、角兵衛に近づいたのは」

「そんなんじゃないですよ」

と、おゆいは悪ぶったように鼻で笑った。

「般若の角蔵は、盗んだ金を元に両替商になったに違いない。こっちは亭主と子供が目の前で殺されてるのに、お上は知らぬ顔。私たちの暮らしはめちゃくちゃにされた……」

次第に悲しみと怒りが込み上げてきたおゆいは、思わず声が大きくなって、

「どいつもこいつも、自分勝手な人間ばかり。一体、私たちがどんな悪いことをしたっていうのですか……生まれたばかりの赤ん坊にどんな罪があるというんです

か！　だから、室井が踏み込んで来た元凶の角兵衛にも死んで貰う。そう思った……ただ殺すのは、つまらない。追いつめて、一文無しにして、苦しませ、怯えさせて……殺したかった」

おゆいの顔は般若のように歪んでいた。聖四郎は、また屋形船で見たことを思い出していた。

殊《こと》に、角兵衛と上座のご老体。

この二人には格別な関わりがあると感じていた。御前様と呼んでいたことの意味も、おゆいの話を聞いているうちに、

——もしや……。

と思い当たる節にぶちあたった。それが、益々、ある想念をかき立てた。

「おゆいさん。どうやら、あんたはまだ肝心な事を見抜いていないようだ」

聖四郎が諭すような口調で言うと、おゆいは艶やかな中にも、怒りを浮かべた目つきになって、

「肝心なこと？　私の亭主と子供を殺した相手はハッキリしてるんですよ。それ以上に、どんな肝心な事が要るんですか」

「室井を殺して、心が晴れたかい？」

「……」

「角兵衛をたぶらかして、気持ちがすっきりしたかい？　いや、そうではないはずだ。あんたはおそらく、角兵衛と差し違えて死ぬつもりだろう。でも、そんなことをして、死んだ亭主や子供が喜ぶかな」

「聞いたふうなことを言わないで下さいよ」

「仇討《あだう》ちに燃えている間は、亭主も子供も成仏できないだろう。成仏できなければ、あんたが新しい人生を生きることもできない。ましてや、あんたが殺しの下手人になったりすりゃ、もうめちゃくちゃだ」

「だったら私はどうしたらいいんですか。どうしたら、よかったんですか！」

聖四郎は黙って聞いた後で、じっと黒い瞳を見据えて囁《ささや》いた。

「きちんと供養してあげなさい。きちんと供養するということは、あんた自身が、その辛さを、厳しい現実を受け止めて、前向きに生きることだ。分かるな」

「でも……」

「下手人探しや獄門送りにするのは、お上のすることだ」

「そのお上に、私の亭主と子供は……」

「分かっている。それでも、自分の手を汚してはいけないんだ。そんなことをすれば、おゆいさん……あんたも室井や角兵衛と同じ種類の人間に成り下がるだけなんだよ。そんなことは、貞安さんもきっと望んではいないだろう」

聖四郎の熱いまなざしに、おゆいは痛みすら感じていた。だが、それはこの三年の間、誰からも貰ったことのない、温かくて心地よい痛みだった。

十一

その翌日、聖四郎は、老中松平定信の屋敷に来ていた。

荘厳な唐破風《からはふ》造りの御成門《おなりもん》を潜ったときにはいささか緊張したが、回遊式庭園が見渡せる座敷に通されて茶を馳走になっていると、少し心が落ち着いた。

それにしても、江戸城門内とは思えないほどの広々とした屋敷である。やはり本来なら将軍の座に就いたはずの身ゆえ、優遇されているのであろうか。

定信が奥から現れると、聖四郎は挨拶もそこそこに、

「ご老中が大切にしていた目付、室井太平は裏切り者でしたぞ」

と進言した。何も言わず聞いている定信に対して、探るような目で聖四郎は続けた。

「あなたもその疑いがあったからこそ、私をあの屋形船の料理人に紹介したのでしょう？　その裏には真相を探り出せという思いもあった。違いますか」

「おぬしには敵《かな》わぬのう。さすが阿舟の子じゃ。随分と似ておるわい」

と定信は、親友だと言ってはばからない聖四郎の父親のことを持ち出した。四条流という公家や武家に仕える庖丁人の分家である乾家の料理を、定信は殊の外、好いていた。

「あやつも、屋形船での料理は旨かったと、大層、褒めておったぞ」

「？……あやつ、とは」

「勘定奉行の佐渡倉内膳だ」

その一言で、既に定信は肝心要《かんじんかなめ》のことは摑んでいると、聖四郎は感じた。

「もしかしたら、ご老中は、前々から、佐渡倉内膳と富士乃屋角兵衛の関わりを、何かあると疑っていたのではありませぬか。それゆえ、室井太平に探りを入れさせていたのではありませぬか？」

「さよう。屋形船では……やはり、その節があったか」

「のようですな」

「で、奴らの関わりとは」

「その前に一言だけ申しておきたいのですが」

「なんだ」

「今後は、私を探索に利用しないで貰いたい。それと……あなたが大切にしていた室井が、名も無き女の亭主と赤ん坊を犠牲にし、一生を台無しにしたことを忘れないで貰いたい」

定信は神妙な顔で頷いた。

「では、申しましょう……室井が、あなたにきちんとしたことを報せるはずはありませんでした。なぜならば……」

と聖四郎はぴりりと背筋を伸ばして、般若の角蔵が、富士乃屋角兵衛であることを話してから、

「室井と角兵衛は、元々、繋がっていたからです」

「なんだと？」

「火盗改方与力だった室井と盗賊、般若の角蔵は、いわば仲間でした。だから、お上の動きなどは筒抜けで、隠れ家も知られることはなかった」

「……」

「ですが、盗賊の一味の一人が、逃げ損ねて、長屋に飛び込み、人質騒ぎを起こし

てしまった」

おゆいの一件のことである。

「鉄砲隊まで使って強引に踏み込んだのは、賊を捕らえるためではなく……殺すためだった」

「ふむ。喋られては、お上に、角蔵のことが一切合切《いっさいがっさい》バレてしまうからか」

「そのとおりです。だから、室井は捕縛のふりをして勘三という賊を殺した。つまりは、口封じです。おゆいたちが死んでも構わぬと……そんなことのために、何の関わりもない人の命が奪われた」

「……酷いことをしたものだな」

「その命令を下したのは……おそらく佐渡倉内膳でしょう」

「確証はあるのか」

「屋形船にいたご老体が佐渡倉内膳ならば、間違いなく仲間でしょう」

「うむ……」

「室井太平なる者に騙されていたご老中にも、手抜かりがあったことは間違いありますまい。きちんと調べて、佐渡倉内膳と角蔵に始末をつける必要があると思いますが。でないと、殺された者たちが浮かばれませぬ」

聖四郎は膝をずいと進めて、

「それだけではありませぬ。殺してもいない音吉という遊び人が、室井殺しとして処刑されるかもしれないのです。止められるのは、ご老中、あなたしかいませぬ」

「さよう……一発、仕掛けてみるか」

定信はすぐさま、側用人を使わして、佐渡倉を呼びつけた。

上役の、しかも筆頭老中直々の命令である。四半刻《しはんとき》もせぬうちに役宅から駆けつけて来た。随分と慌てていたのであろう。城中のしきたりである裃《かみしも》は、上下揃いではないのを身につけていて、恥ずかしい形《なり》だったが、当人は気づいていなかった。見て分かることをあえて言わないのが、いわゆる〝江戸しぐさ〟というものであろうが、聖四郎はわざと、

「さすがは、般若の角蔵と昵懇の勘定奉行様だ。ちぐはぐな事がお好きらしい」

と皮肉を言って、反応を確かめたが、佐渡倉も海千山千の者たちと丁々発止《ちょうちょうはっし》とやってきたからであろう、まったく動ぜず、

「これまた、情け深いお心遣い。さてもさても、どちら様でしたかな？」

と惚《とぼ》けた。たしかに、あのご老体だ。屋形船で会ったことを話したが、はっきりとは覚えていないと、ボケたふりをして、どんな話をしても曖昧に答えていた。

「では、もっとはっきり言いましょう」

聖四郎は、屋形船で会っていた角兵衛こそが般若の角蔵だと言って、

「そのことは、あなたは昔から承知しているはずですがな」

「何をバカな……」

「冗談ではありませぬぞ。角兵衛は先刻、正直に話したのだ」

「……」

「おまえには散々、盗んだ金を渡して来た。その代わり、勘定奉行の力によって、『富士乃屋』を立派な両替商として盛り上げて貰ったのだとね」

尚も佐渡倉は素知らぬ顔をしている。何を言われても暖簾に腕押しである。それが、逃げ切る一番の道だと思っているようだった。

しかし、定信が次の言葉を吐いたとき、わずかだが動揺した。

「室井を殺したのは……実は俺だ」

「!?――」

「わしの手下に、園部《その べ》竿月《かんげつ》という弓の名手がおるのを知っておろう」

「は、はい……」

「奴にやらせたのだ」

これは嘘である。佐渡倉を揺さぶるために、定信が鎌を掛けたのだ。

実際に『桜草』の〝花見櫓〟から矢を放ったのは、宮宅拓之介《みやけたくのすけ》という御家人崩れで、元は幕府弓奉行に仕えていた弓の手練《てだ》れだった。宮宅も『桜草』の客で、おゆいの身の上を聞いて、亭主と子供の復讐のために一役買ったのである。

なぜなら宮宅もまた、お上の理不尽によって、妻子を亡くして自暴自棄になっていた時があったからである。もちろん、『桜草』の女将も同情して、その日のその一瞬だけは、〝花見櫓〟を貸し切りにしたのであった。

だが、聖四郎はその話は誰にもしていない。定信にもだ。だからこそ、定信はあえて、園部という名手に命じて、

――般若の角蔵と通じていた室井を密かに成敗した。

と言った。それもまた、幕府の恥部を隠すためだと言い繕《つくろ》った。

「ま、まことでございますか……」

「さよう。室井は、おまえとも通じていた。よくも、このわしをたばかったな」

「………」

「おまえは般若の角蔵に盗みを働かせ、それがうまくいくように室井に見張らせた。その上で、自分も懐《ふところ》を肥やしていたとは……かようなことが表沙汰《おもてざた》になれば、

幕府の恥。おまえ一人の首で済むわけがない。下手をすれば上様とて天下の晒し者だ」

佐渡倉はわなわなと震え始めたが、定信は揺るぎない目でじっと見据えて、

「どうじゃ、佐渡倉！」

「……お、おっしゃるとおりでございます」

と観念して答えた。

「さようか。ならば……角兵衛にもすぐさま手の者を送ろう」

「は……？　さっきは角兵衛が吐いたと」

「ふん。どっちが先に吐こうと同じ事だ。いや、むしろ、おまえに自白をさせる手間が省けたというものだ。このうつけ者！」

慌てて腰を浮かした佐渡倉を、聖四郎は素早く押さえつけた。同時に、定信の家臣が乗り込んで来て、両腕を摑んで連れ去った。

定信は廊下に出て見送ってから、

「これでよいか、聖四郎……」

と尋ねた。

「名裁きとは言えませぬが、定信様……これからは、もっと下々の者に目を向けて

戴きとうございます」

「下々の、な……」

「料理に貴賤《きせん》はありませぬ。口に入れれば、旨いものは旨い。不味いものは不味い。人もまた同じではありませぬか？」

「そうかもしれぬな」

と定信は微笑んだが、聖四郎は険しい顔のままだった。これから、おゆいにどう話して納得させるか、これからどう生きる活力を見いだしてやるか。他人事《ひとごと》ではなく、自分のことのように思いを馳せた。

庭先に目をやると、空にはもくもくと入道雲が立っていた。

第三話　食いだおれ

一

聖四郎が暮らしている長屋から一町程行くと、深川七場所と呼ばれる悪所があった。いわゆる岡場所である。

その中の土橋《どばし》の一角に、鉄寛《てつかん》という町医者がいた。いつも苦虫を嚙みつぶしたような渋い顔をしている四十絡みだが、見かけによらず医は仁術という熱き思いを持っていて、腕もよいので、遊女をはじめ、下々の者に絶大な人気があった。もっとも薬代は、菜の物や魚など現物での払いが多かったが、それでも、

——食うに困らなければそれでよし。

として、余計な診察料や薬草代は取らなかった。

そんな奇特な町医者だから、遊女の中には体で払うよと言う者もいたが、いくら現物でもそれではチト困る。

鉄寛はニコリとも笑わぬ真顔のままで、

「女郎なら体が売りものであろう。売りものを容易《たやす》く差し出すのではない」

と説教をしていた。

「あら、先生。私が体を差し出すのは、魚屋の八っつぁんが鯛を分けたり、大工の熊さんが縁側のつっかえを直したりするのと同じことじゃないですか」

などと屁理屈をこねる女郎もいたが、

「女は足りておる」

と返す鉄寛であった。

その日、聖四郎が風邪をこじらせて鉄寛に診《み》て貰っていると、若く美しい女が訪ねて来た。年の頃はまだ十七、八というところか。だが、病《やまい》を診て貰う患者ではなかった。

「鉄寛先生……私をここで働かせて下さいませぬか」

町人の形《なり》をしているが、元は武家の出のようだ。一応の礼儀作法はわきまえており、同じ年頃の娘と比べても、随分落ち着いた雰囲気に見える。

鉄寛も元武士である。それゆえ、娘に何処か胡散臭さを感じたのか、呆れたように眉を顰《ひそ》めると、

「また、あんたか……」

と深い溜息をついて、「何度、断ったら分かるのだ。儂《わし》は手伝いなど置かぬと言ったはずだ。見てのとおり、貧しい長屋だし、患者には一人も金持ちなんぞおらぬ。貧乏も貧乏、ドン底だからな。おまえのようなお嬢様には務まるまい」

「いいえ。置いていただけるまで、何度でも訪ねて来たいと思います」

「しつこい奴は嫌いでな。とっとと帰りなさい」

煩《うるさ》そうに、鉄寛は犬でも追い払うように手を振ったが、娘は悲痛なほど思い詰めた目で、梃子《てこ》でも動かないと上がり框《がまち》に座り込んだ。

「そんなことをしても無駄だ。何が狙いか知らんが、とっとと帰らないと若い娘だからといって手加減はしないぞ」

痛い目にあわせてでも追い返すと鉄寛は凄んだ。聖四郎の他にも二、三人の患者がいたが、余りにも頑《かたく》なな鉄寛のことを、むしろ諭《さと》していた。

「俺もこんな綺麗な手伝いがいれば、もっと診て貰いに来るのだがな」

聖四郎も宥《なだ》めると、鉄寛は不機嫌に、

「下らぬ事を言ってる間に風邪を治せ。食べ物を扱う者が、病になるとは何事だ。剣術の果たし合いで、風邪だからといって相手が待ってくれるのか？　乾聖四郎ともあろう御仁のくせに脇が甘い。近頃、評判だからといって天狗《てんぐ》になっておるのかな」

と容赦なく口悪く罵《ののし》った。

誰にでも歯に衣《きぬ》着せぬ物言いをするのが鉄寛のよいところだが、この若い娘を叱りつけるような姿は美しいものではなかった。

「俺のことはともかく、これだけ頼んでるのだ。話くらい聞いてやったらどうです。鉄寛さんの助けになるだけではない。ここに来る人たちにとっても、よいと思いますがね」

聖四郎にも久美花という〝押しかけ弟子〟がいるので、少し情けをかけたのだが、鉄寛の頑固さは筋金入りで、

「ここに来る人たちにとってもよいだと？　バカを言うなッ」

と怒鳴りつけてから続けた。

「医者などいらない方が幸せでよいのだ。病などなく、健《すこ》やかに暮らせることが如《い》何《か》に大事か。ふむ、そんなことを言うようでは、おまえさんも、所詮は御公儀の威光を笠に着た上っ面だけの料理人てことかな」

「ま、俺はどう言われようと構わぬが、病だけでなく、人の心も救うのが医者の務

めだと思いますがね。この娘は、ただ先生の下で働きたいだけではないと思うがな」

「儂は体の病を治すだけで精一杯だ。心を慰めて欲しいなら、坊主の所にでも行け」

「まったく、ああ言えばこう言うお人ですな」

聖四郎がほとほと呆れても、

「これが性分でな」

と眉間に皺《しわ》を寄せたまま、憤懣《ふんまん》やるかたない声を洩らした。

「ははは。娘さん……今日のところは帰った方がよさそうだ」

と聖四郎はそう言って診療所から、さりげなく連れ出した。

「なに、めげることはない。鉄寛さんは、ああ見えて情け深い人だ」

「はい。承知しております……」

「今度はもう少し機嫌がいいときに、俺が推挙してやるから。出直すことにしよう」

娘は素直に頷いたが、なぜか切羽詰まった顔は変わらなかった。何かあるなと聖四郎は感じていたが、特に問い質《ただ》すことはしなかった。

「先程、鉄寛先生が言ってましたが……あなた様は、乾聖四郎さんて、あの料理人のですか、将軍様や大名など偉い人の食膳を作るという」

「ああ。いかにも乾聖四郎だが、偉い人だけの食膳を作るわけじゃない」

と照れ笑いをして、富ケ岡八幡宮の方へ歩き始めた。この辺りも隅田川の川風と江戸湾からの潮風が入り混じって、ほんのり海の香りが漂う。

聖四郎が若い娘を連れて歩いていると、

「あら、また旦那が女遊びをしてるよ」

と何処からともなく声がかかってくる。同じ長屋のおかみさん連中だ。いつもおっとりしている聖四郎だから、まずい所を見られてしまったとは思わないが、噂が大きくなるのは勘弁して欲しかった。

「あの……」

娘は立ち止まると、改まって聖四郎を見やってから、

「私は、ある旗本の娘です……三奈《みな》といいます。もっとも、御家がお取り潰しになって、私は親戚の所に預けられているのですが」

「旗本の……」

何という旗本なのか、何故取り潰しになったのかという身の上話はあえて聞かな

い聖四郎だったが、なぜ鉄寛に弟子入りしたいのか、その訳は知りたかった。

「はい。それは……」

言いかけてから、三奈は唾を飲み込むように言い淀んだ。聖四郎は不思議そうに見つめていたが、その涼しげな瞳に、思わず吸い込まれそうになった。

「それは……」

「言いたくなければよいのだ。だがな、三奈さんとやら。人に何か願い事をするときは、きちんと理由を告げるべきだな。鉄寛さんは人を見る目が鋭い。もちろん、人によって治療を区別したりはしないが、誠意は大切だ。鉄寛先生の手伝いをしたいと誠意を見せなければ、心は動かんよ」

聖四郎は柄にもなく説教臭いことを言った。三奈は納得したように大きく頷くと、深々と頭を下げて富ケ岡八幡宮の境内《けいだい》で聖四郎と別れた。

まもなく夏祭りだ。何処からともなく囃子《はやし》の稽古をしている笛や太鼓の音が、賑やかに流れてきた。

二

その翌朝早くのことである。

鉄寛はぶらりと、材木問屋が林立する木場まで釣りにやって来た。材木堀で、タナゴを釣るためである。

わずか一寸か二寸の小さな魚を釣るのである。タナゴ釣りはどんなに小さいのを釣ったかが自慢になる。そのために釣り竿や釣り鉤、糸などに独特の工夫がされる。糸は女の髪の毛、殊に生娘《きむすめ》のものが弾力があってよいとのことだ。

――掌《てのひら》に百尾乗せることができるほど小さいのを釣って一人前。

だというのだから、少々変質的な遊びかもしれないが、侘《わ》び寂《さ》びに通じる風流と言われれば、その通りかもしれない。

深川の木場からは遠くに富士を望めるが、日本一の大きな山を眺めながら、一寸の魚を釣るのを楽しむのだから、人の心の裡《うち》とは面白いものである。

釣ってすぐ焼いて食べれば美味いというが、鉄寛は食べるのではなく、釣り自体を楽しんでいた。いわば、ただの殺生である。医者でありながら、食べない魚を釣るというのもまた、不思議な心裡であることには違いあるまい。

まだ薄暗く曇っていたので、この日は富士の姿は見えず、夏にしては涼しい風がゆったりと吹いていた。

釣りに夢中になっていたから、鉄寛は背後に近づいて来る者の気配に気づかなかった。元は武士。しかも、奥州田端《たばた》藩で剣術指南役をしていた達人だから、腕はたしかなはずだが、やはり釣りに心が傾いていて、油断していたのであろうか。

「キエーイ！」

と突然の気合とともに刀を打ち込まれたときには、竿を足下に落としただけだった。振り向きざま、刀を抜き払う前に、バッサリと袈裟《けさ》懸《が》けに斬りつけられた。

「ひ、卑怯者めが！」

鉄寛は必死に体勢を整えて反撃しようとしたが、相手は三人もいた。

「き……貴様ら何奴だ……儂を小野寺《おのでら》鉄寛と知ってのことか……」

相手は三人とも浪人の形をしていたが、頬は興奮で紅潮し、刀を握り締めている手は必要以上に力が入っていた。

——大した腕前ではない。

と鉄寛はすぐさま見抜いたが、突然のこととはいえ、不覚を取ったと悔やんだ。

だが、狼狽はしなかった。剣術家として修行をしてきた賜《たまもの》であるが、いつもより厚着をしていたから、思ったよりも傷は浅いと内心では感じていた。

しかし、肩口に切っ先が当たった痛みは激しい。もしかすると、鎖骨が折れているやもしれぬ。鉄寛は痛みを堪えながら、刀を摑み直したが、怪我をした上に、相手が三人ではなかなか思うように戦えぬ。

それでも鉄寛は鋭い眼光と低く刀を垂らした構えで、斬り込んで来る相手の腕をビシッと斬った。丁度、手首が切れたので、恐ろしく血が噴き出した。それで恐怖を感じたのであろう。三人のうち一人が、おもむろに短筒《たんづつ》を懐から抜き出した。

「！……飛び道具まで使うか。貴様ら、何故、この儂を狙う。答えろ」

「黙れッ。俺たちは怨みを晴らしに来たまでだ。己の胸に篤《とく》と訊いてみるがよい。よもや忘れたのではあるまいな」

だが、鉄寛の表情には何も変化がなかった。

浪人姿の男は鋭く刀を突き出して牽制《けんせい》しながら、短筒で狙いを定めて撃ってきた。

——ダーン！

静寂を劈《つんざ》く音が響き渡った次の瞬間、鉄寛は胸に被弾して仰《の》け反り、喘《ぞ》ぎながら背中から水面に落ちた。ドボンと水の音がし、そのまま沈んだようだ。薄暗いせいか、姿ははっきり見えなかった。

遠くから人が駆けて来る気配がした。

「まずい。逃げろ。あの傷の上に、弾を受けたのだ。助かるまい」

一人が口早に言うと、素早く路地へ駆け込んで、三人の姿はまだ明けぬ朝靄の中に消えていった。


鉄寛が何者かに襲撃されたと、聖四郎が聞いたのは、それから一刻《いっとき》ほどしてからのことだった。

北町奉行所の本所廻り同心、近藤伊三郎が報せに来たのである。

手には釣り竿を持っていた。タナゴ釣りの竿は、それこそ小さな魚を釣るためのものだから、繊細な作である。鉄寛が特別に浅草の『竿長《さおちょう》』という店の名人に頼んで作って貰ったものである。大切にしていたものなので、捨て置くわけがなく、鉄寛が突然、襲われたことを物語っていた。

鉄砲の音に駆けつけたのは、実は近くの自身番の番太だったのだが、その場に行った時には誰の姿もなかった。

地面には血が流れていて、ドボンという音も聞いていたので、

――誰かが撃たれて落とされたに違いない。

と察して、すぐに他の番人と町火消しや木場の鳶《とび》職らに手助けを頼んで、近くの堀を探したが、人の姿はなかった。

この堀は江戸湾に続いているが、幾つか屈折しているし、落ちた直後だから、流されたとも考えられない。とはいっても、死体が見つからないのだから、消えたとしか言いようがない。あるいは、何処かから這い上がったのであろうか。だとしたら、誰かが見かけて助けているはずだ。

「聖四郎さんよ……心当たりはねえかな」

という近藤の問いかけに、聖四郎はどういう意味だと逆に訊き返した。

「町医者の鉄寛とおまえさんは少々、曰《いわ》くがあるらしいじゃねえか」

「曰く？　そんなものはない」

「本当に……？」

「近藤の旦那は、何かあれば俺を疑ってみるのだな。なぜだい」

「そういう訳ではないがな。以前から知り合いなんだろう」

「知り合いってほどではないが、俺が江戸に流れて来る前、奥州田端藩に世話になった当時、鉄寛先生が剣術指南役をしていた、それだけだ」

「では、鉄寛がどうして田端藩を脱藩したかということは？」

「知らぬな。俺は……自分のこともそうだが……あまり昔のことをあれこれ話したり聞いたりするのが好きではなくてな」

「まあいいや」

と近藤は諦めたような顔つきになって、しばらく自分にしか聞こえないように、ぶつぶつと言っていたが、

「おかしな娘が鉄寛を訪ねて来てたのを、おまえさんも知ってるな」

「娘……三奈という娘のことかな？」

「三奈というのか」

「俺にはそう名乗った。旗本の娘だとか。その娘が何か関わりがあるのか」

「いや、そうではないが……」

近藤は首を横に振って、「その娘は、鉄寛の診療所で働きたいとしつこく言っていたそうだが、本当は鉄寛の動きを探っていた節があるのだ」

「探る？　あの娘がなあ……」

そんなふうには見えなかったと聖四郎は断言した。

「何処でどう暮らしているか、聞いてはおらぬか。その三奈という娘が」

「知らぬな。俺が会ったのも、昨日、一度だけだしな」

「そうか……何か分かったら俺に報せてくれ。此度のことと繋がりがあるかどうか定かではないが、小さなことも見逃してはならぬのでな、同心としては」

と近藤は朱房の十手を帯にぐいと差し直して、長屋から立ち去っていった。

「――いつも、気を揉ませるようなことばかり言いやがるな、あの旦那は」

聖四郎はなんだか嫌な気配を感じながら、鉄寛の行方を心配していた。

三

鉄寛がいなくなって三日がたった。

まるで行方を掻《か》き消すように大雨が降って、鉄寛が落ちたと思われる材木堀の水嵩《みずかさ》も増えていた。

町方は鋭意探索していたが、鉄寛の行方は一向に分からなかった。駆けつけた番太の話では、「怨み」という声も聞こえたというので、鉄寛の身の周りで命を狙いそうな者を調べたが、感謝する人はいるが怨みを持つ者などいない。

「鉄寛先生……本当に死んじゃったんじゃないでしょうねえ」

久美花は心配して言ったのだが、縁起でもないことを言うなと聖四郎に諭された。深手を負っている節はあるが、まだ遺体が見つかったわけではないのだから、生きていると信じるほかなかった。

そんな時、聖四郎の長屋に一人の男が訪ねて来た。紬《つむぎ》の羽織に袴、腰には大小の刀を差していて、背筋をすっと伸ばした居丈夫《いじょうぶ》の若侍だった。

「ごめん。乾聖四郎殿のお宅かな」

その目つきは鋭いが、人を威圧するものではなく、むしろ剣術をかなり嗜《たしな》んだ風格ある穏やかな光を放っていた。武術を心得る者は、胸に大きな水晶玉のような目があって、そこからパッと相手を照らすという。

——この若侍、只者ではないな。

と聖四郎をして思わせた。

「はいはい。聖四郎様なら、すぐ目の前においでですわよ」

久美花がまるで客引きのような軽いノリで若侍に声をかけると、

「奥方でござるか。拙者、浪人・早峰六郎太《はやみねろくろうた》と申す者でござる」

「早峰様」

「来て早々になんですが、聖四郎殿」

と早峰は丁重に頭を下げた。

「貴殿の料理を今日から毎日……そうですな、一月の間、食べさせて貰いたい。できれば、朝、昼、晩といきたいところですが、貴殿もお忙しいでしょうから、そうは参りますまい。ですから、夜だけでもお願いできませぬか」

聖四郎はまたぞろ妙な輩が来たものだと、相手の顔を見ていたが、

「俺の料理を食べてくれるのはありがたいが、ちょっと取り込んでおってな……」

婉曲《えんきょく》に断ろうとしたが、早峰は相手の都合などお構いなしという態度で、表戸から部屋に入って来るなり、

「お願い致す、聖四郎殿。私は、諸国食べ歩きの旅をしているのでございます」

「食べ歩き？」

「はい。ご貴殿も西国から九州、東海、関東、奥州と隈無《くまな》く食の旅をしたと聞き及んでおります。京料理を礎とした四条流庖丁道の流れを汲む備前宝楽流の当主でありながら、様々な食を探究しているという噂は、諸国にも広まっております」

「大袈裟なことを」

「まことでございます。これでも、私は日《ひ》の本《もと》六十余州を遍《あまね》く巡り歩き、ありとあらゆるものを食べて参りました。行き着いた思いは、諸国に旨いものなし、とい

うことです」

「旨いものなし？」

聖四郎の思いはまったく反対だったので、思わず反論したくなったが、料理人でもない男に対してムキになっても仕方がない。

「そうかな。俺は、旨いものだらけだったがな」

と軽くいなしたが、早峰は剣術の稽古でも申し込むように、

「たしかに料理を作ることに関しては、聖四郎殿に勝てる道理がありませぬ。しかし、私は自腹を切って、いや武士でありながら譬《たと》えが悪かったですな。己の財布から金を出して、あらゆる物を食べてきたのです」

「……そりゃ、てめえの食い物代くらい、てめえで払うだろう」

「浪人になったのも、旨いものに出合いたいがため。剣術の方も少々、嗜んでおりましたのでな、土地土地の町道場に頼んで稽古をつけたりして金が入れば、すぐ食に換える。訪ねた店は三千軒は下りますまい」

「なるほど。俺が料理を作るための修業をしたのだとすれば、おぬしは食べること自体が修業だったということか」

「ま、そういうことです」

「それで、旨い物巡りの絵双紙でも出すつもりか」

文化文政《ぶんかぶんせい》は、江戸料理が百花繚乱《ひやっかりょうらん》の頃である。八百善《やおぜん》の『江戸流行料理通』のような料理本も沢山出され、人々はおいしい物を求めて出歩いた。両国橋西詰や浅草、日本橋など繁華な所だけではなく、『十方庵遊歴雑記』に記されたように、江戸の郊外にも豪華な酒楼食店があって、大勢の人々が楽しみに出かけていた。

もちろん、そのような状況は江戸のみではなく、京、大坂、名古屋など至る所で、食を楽しむという文化は成熟していたのである。だから、色々な食や料理屋を案内した類の綴《つづ》り本も巷《ちまた》に溢れていたのである。

「そんなものを出す気など、毛頭ありませぬ。私はただただ、旨い物を食べて生きていきたい。それだけなのです」

「旨い物を食べて生きていきたい……となな」

「人は生まれて死ぬまでに、何度、飯を食べることでしょう。人が為す行いのことで、おそらく一番、沢山することではありませぬか？　だとしたら、食べることを粗末になんぞできませぬ。何でもいいから食べる、生きるために食べるというのでは、牛馬と同じではありませぬか」

「たしかにな」

「食べる楽しみが奪われるくらいなら、私は死んだ方がましだ」

真剣なまなざしで言う早峰を、聖四郎はバカにはできなかった。しかし、江戸で料理文化が盛況な一方で、未だに粟《あわ》や稗《ひえ》しか食べられない人たちが沢山いるのも事実だ。

だからといって、聖四郎はその人たちに贅沢なものを提供するつもりはない。素朴な、いや、むしろ食材の良さが一番だということは誰でも承知していることだ。だとすれば、その村々のおいしいものを適切に料理することが、最も肝心なことだということを、本当の食通ならば分かっているはずだ。

にもかかわらず、聖四郎の料理に固執《こしゅう》するのはどういう訳か、少なからず興味はあるものの、早峰の真意を測りかねた。

「ならば申し上げましょう、聖四郎殿」

「うむ……」

「私は、生きるために食べるのではないと申しました。食べるために生きているのです。つまり、食べることは即ち闘いなのです」

「闘い、な。面白いことを言う」

「聖四郎殿は料理を作るために生きているはず。ならば、私と勝負して下さらぬか。

私を唸らせることができれば、あなたの勝ち。だが、負ければ、備前宝楽流の看板なんぞ捨ててしまいなされ。道場破りに負けたのですからな」

「では、おぬしが負ければ？」

「私が負けるとは即ち、あなたの料理が日の本で一番ということですから、切腹して果てましょう」

「これまた大袈裟な」

「武士に二言はござらぬ。言いましたでしょう。私は食うために生きている。この世の中で一番、旨い物を食べたのならば、その先、生きている意味はござらぬ。それだけでございます」

真面目に聞いていた聖四郎は少々、肩透かしを食った思いに囚われた。

——何処か頭がおかしいのではないか。

と思ったが、食に対する矜持《きょうじ》は自分なりに持っているらしい。食が闘いだというのは、ある意味では当たっている。料理人同士の闘いは本当の戦ではない。

——作る者と食う者。

この相対する立場の違う者同士が、食膳を挟んで刃を交えるのだから、自ずと真剣勝負にならざるを得まい。しかし、この勝負は明らかに聖四郎にとって不利である。こっちが刀を振り下ろすならば、相手は盾で避けるだけでよいのである。

「俺は斬らねばならぬが、おぬしは逃げただけでも、俺の負けだ……それでは勝負といっても、俺に分が悪いのではないか」

「天下の庖丁人が尻込みなさるか。それを言うならば、私は盾しか持っておりませぬ。刀を持っている聖四郎殿の方が、利があるのではありますまいか。さ、如何なさいまする」

初めて長屋の表に現れたときに見せた、鋭い眼光がまたキラリと燦《きら》めいた。その早峰の姿に、うまく丸め込まれた気がしたが、しばらく緊張に欠ける料理しかしていなかった聖四郎にとっては、久々に身が震える思いだった。

「面白い。受けて立ちましょう」

聖四郎はおっとりとだが、早峰の眼光を跳ね返すほどの鋭い目を向けた。だが、久美花は、なぜか嫌な予感がして、じっと見ていられなかった。

四

同じ日の夜、診療所に来た三奈は、遅まきながら鉄寛の事件を知って、我が事のように心配した。そして、鉄寛が無事に帰って来るまで待っている、長屋に居続けると言ってきかなかった。

長屋の者たちも同じように心配していたが、

「鉄寛先生は何者かに襲われたようなんだ。だから、こんな所にいたら、あんたも巻き添えを食うぜ」

と三奈に帰るように勧めた。しかし、元より承知している口ぶりで、

「私は鉄寛先生の弟子のつもりです。ですから、何があっても構いません」

決意は頑なだった。余計に心配になった長屋の大家は、聖四郎にも相談したが、やはり頑なに居座ろうとするので、事の次第を北町の近藤に伝えておいた。

聖四郎は鉄寛や三奈のことが気がかりで、早峰との約束の料亭に向かうのが億劫《おっくう》になっていた。真剣勝負の前には邪念を取り払わなければならないが、夏だというのに、梅雨《つゆ》時の湿気のようなものがまとわりついていた。

しかし、〝真剣勝負〟を受けた以上、これから一月の間、早峰に付き合わねばならぬ。料理のためにポンと百両もの大金を置いていったのだ。

「食材も料理法もあなたに任せる。今は夏だから、秋や冬のように豊富な食材はあるまい。だから、この金も食材用ではなく、あんたの腕に払ったものだ。なに、私

が勝っても金は返さずともよい。この金は、あんたと〝闘う〟ためにしこたま貯め込んだものだ。私の食通の旅、最後の勝負に相応しいと思っている。楽しみにしてますよ」

早峰は聖四郎を鼓舞《こぶ》するように言った。

そろそろ、〝決闘〟の場所に来ているはずだ。

聖四郎が選んだのは、上野の忍川《しのぶがわ》河畔にある『下善《しもぜん》』であった。多くの文人墨《ぶんじんぼっ》客《かく》が訪れる名店であるが、ここは聖四郎が一夜限りの〝花板〟として招かれ、お大尽や偉い武家たちに様々な料理を披露してきた場所である。いわば地元の慣れた店なので、かえって油断せぬようにと聖四郎は気を引き締めていた。

『下善』の二階からは、三橋《みはし》の向こうに不忍池が見え、広小路《ひろこうじ》の賑わいも飛び込んでくる。そして、目の前は上野の森、つまり寛永寺《かんえいじ》を囲む鬱蒼《うっそう》とした森が広がっており、目を移すと不忍池から流れ出ずる清流の忍川が楚々《そそ》と流れている。

夏の盛りだというのに、涼しい風がそよそよと吹き込んで来ているのは、森と川に囲まれた上に、木と漆喰でできた家屋の造りに工夫がされているためであろう。

「なるほどな……噂に違わぬ名店だ。『八百善』よりもずっと粋で細やかな肌合いを感じるのは、私だけではあるまい」

と早峰は呟いていた。

他の客の顔を見ていれば分かることである。しかも上野広小路はすぐそこだというのに喧噪《けんそう》はまったく届かない。どこぞ山間《やまあい》の宿に来た風情《ふぜい》がある。

まず仲居の格好をした久美花によって運ばれて来たのは、貝の身をたっぷりまぶした〝ちらし鮨〟と大徳寺《だいとくじ》納豆仕立ての汁だった。

「いきなり、ちらし鮨……か」

片手にすっぽり入る小さめの漆椀《うるしわん》に、三口程で食べられる量が入っている。手にするとほんのりと温かく、箸で摘まむと糯米《もちごめ》のようにしっとりしていた。

「ほふ……あさり、はまぐり、鳥貝、トコブシ、ほたての貝柱……うむ。これは酢の塩梅といい、玉子や干し椎茸《しいたけ》の具合といい……ほっとする。なるほど、腹が空《す》いているところへ、軽く満たすような気遣いというわけか。汁も貝に合わせて、さっぱりしたものだな」

と早峰は独り言を呟きながら、パッと一口で食べてしまった。

「しかし、なんだ……この貝は春が旬ではないか。今頃、出すとは、いささかガッカリな気もするな」

そう吐露《とろ》したとき、久美花はくすりと笑った。

「何がおかしい」

「これは〝名残〟でございますよ。春の名残」

「……名残？」

「あら、数々の食を堪能してきたのに、それもご存じないのですか。〝はしり〟〝旬〟〝名残〟ですよ。旬ばかりを追うのが、素材を楽しむことではありませんでしょう。四季の移り変わりを楽しむのならば〝はしり〟という初物は大切だけれど、これで食べ納めかという〝名残〟も必要なのではありませんか？」

「食べ納め……うむ。まさに食べ納めかもしれぬな」

と早峰は意味ありげに頷くと、空になった漆椀をしみじみと見つめた。久美花は少し不思議そうに首を傾げてから、

「どうです？　名残のお味は」

「名残の椀か……そう言われれば、たしかに旬は過ぎたが、食べれば、また次の年まで待たねばならぬという一抹《いちまつ》の寂しさはあるものの、来たるべき年に思いを馳《は》せ、また楽しみというところが……来年のある者はよいがな」

「うふ。年寄り臭いことを言う人ですね、まだまだお若いのに」

「人の生き死に、若いか年寄りかは関わりない。ましてや武士ならば、尚更だ」

一瞬だけ見せた思い詰めた表情に、久美花はどう答えてよいか分からなかったが、
持ち前の明るい笑顔で、

「食事をしているときに辛気《しんき》くさいお顔はいけませんよ」

「ん？」

「折角のおいしいものも不味くなります。師匠……聖四郎はいつも言ってます。食べ物を一番おいしくするのは、自分の気持ちだと。でも、本当においしいものは、どんなに心が沈んでいるときでも、晴れ晴れとさせてくれるそうです」

「……さよう、だな」

「あなた、何か悩んでいるみたいだけれど、きっと今宵の料理で、心がすかっとすると思いますよ」

「だといいのだがな」

その夜の聖四郎の料理は、向付《むこうづけ》代わりの貝ちらしに続いて、鱚《きす》の葛叩《くずたた》きに唐辛子《とうがらし》の煮物。賀茂茄子《かもなす》と鮑《あわび》の含め煮。鯨《くじら》と瓜《うり》の酢味噌和《あ》え。さらに八寸には畳鰯《たたみいわし》の雲丹《うに》焼き、菱《ひし》の実に梅肉。香の物には白瓜のどぼ漬け……などが続いて、旬である鰺《あじ》のたたきや鮎の山椒《さんしょう》焼き、鱧《はも》の潮仕立てなど、大食いと言って憚《はばか》らぬ早峰に

次々と出した。

聖四郎の得意の懐石料理だが、酒を一滴も飲まない早峰には、最後に初物ともいえるワタリガニおこわというご馳走となった。もちろん蟹汁《かにじる》とともに食して初秋の風情を楽しんだ。まさに、〝名残〟から〝旬〟そして、〝はしり〟の流れの中で、早峰は満足のゆく夕餉を楽しんだ。

「う……うう……」

早峰が嗚咽《おえつ》のような声を洩らした。悲しみを押し殺して堪えている様子に、茶を運んで来た久美花は思わず立ち尽くした。見てはならないものに遭遇したと思った。

「どうしたのですか、早峰様」

「うう……」

早峰が苦しそうに腹を押さえているので、

「大丈夫ですか。何処か具合でも……？」

と尋ねると、

「悔しいンだ……こんな旨いものを、もっと食べたいのに……腹がいっぱいになってしまって……ああ、もっと食いたい……食って食って、倒れてしまいたい……なのに、腹がパンパンで食べられぬ。うう」

「はあ？」

「おまえには私の気持ちが分からぬだろうな……」

「わ……分かりません」

久美花はすうっと身を引いて廊下に出た。しばらく泣き続けている早峰の声を聞いていたが、おかしみよりも恐ろしくさえなってきた。

五

同じ夜のことだった。

鉄寛の診療所の裏木戸が開いて、そっと忍び込んで来る浪人風の姿がふたつ、朧月《おぼろづき》の光にぼんやりと浮かんだ。近くには深川七場所があるから、嬌声や喧嘩の声が響いていたが、梅や松の木で取り囲まれている長屋の片隅は、ひっそりと静まっていた。

シャリンと鎖が揺れて、鳴子《なるこ》のような音がした。それは、何者かが来るかもしれないと思って、近藤が予《あらかじ》め仕掛けていた罠《わな》だった。

だが、浪人二人は驚く様子もなく頷き合うと、強引に閉めてある雨戸を蹴破って、診療所の中に踏み込んだ。

ひゃっーと声をあげたのは、寝間着姿の三奈だった。

「誰だッ」

浪人たちは部屋に人がいるとは思っていなかったようだ。一瞬、驚いて後ずさりしたが、女一人だと分かった途端、素早く駆け寄って、いきなり刀を抜き払った。

「あなたたちこそ誰なんです」

三奈は恐ろしさのあまり声が震えていたが、懸命に言い返した。そう言いながらも後ずさりしたとき、月明かりによって三奈の紅潮した顔が浮かんだ。

「ふへへ。こんな綺麗なねえちゃんがいようとは思ってもみなかったぜ」

浪人の一人が声をかけた。材木堀で鉄寛を襲った浪人たちだった。一人は腕を怪我しているので、ここには来ていない。もちろん、三奈が知る由《よし》のないことだが、この診療所に乗り込んで来たということは、鉄寛の事件と関わりがあるに違いない。そう感じていた。

「あなたたちですね。鉄寛先生を襲ったのは。先生はどうなったのです」

「ふん。知るか。おまえは鉄寛の何だ」

「……やはり、先生を手に掛けたのですね。どうしてです。なぜ、そんなことを！」

「気丈な女だ。ふん、鉄寛のやろう、堅物面《づら》しやがって、こんな若い女を囲ってやがったか。人間ってなあ、一皮ひっぺがせば、何を考えてるか分かったもんじゃないな……ふひひ。例のものを探し出す前に、この娘を戴いてしまうか」

と浪人の一人が目を卑しく細めると、刀を柱に突き立てて、乱暴に三奈を抱き寄せた。抗《あらが》う三奈を壁に押さえつけ、いい匂いがしやがるぜと荒い息を吐きかけたとき、ドスンと地鳴りのような音がした。隣室で板間を踏みつけた音だった。

ハッと手を止めて振り返った浪人たちの目に、闇の中に浮かぶ人影が飛び込んできた。そこには、近藤が立っていた。射し込んでいる月光に、朱房の十手がきらりと光るのを見て、浪人たちは思わず身を引いた。

「やろう……町方がいやがったか」

柱に突き立てた刀を抜き取って、近藤に斬りかかったが、寸前、十手が浪人の鳩尾《みぞおち》を突いていた。

「うぐッ……」

倒れた浪人を踏みつけて、近藤は素早く抜刀するや、もう一人に刃を向けた。が、その浪人は微動だにせず、鋭く踏み込むなり、目に止まらぬほどの速い剣捌《さば》きで近藤の脇腹を斬り裂いた。かに見えたが、体を傾けたがために運良く脇差の鞘に当たって、事なきを得た。

しかし、余りの勢いによろめいた近藤は、素早く体勢を整えようとしたが、すぐさま二の太刀が頭上に落ちてきた。それを刀で受け止め、必死に堪えていたが、じりじりと押されて、床に倒された。

その時、三奈が浪人の背後から、気合とともに小太刀を打ち込んだ。わずかな間合いで避けた浪人は、

「ちょこざいなッ」

と三奈に斬りかかろうとしたが、

「旦那！　大丈夫でやすか！」

荒々しい声で踏み込んで来たのは、岡っ引の松蔵だった。芝居街である堺町三丁目の自身番の大家である。聖四郎とは何かと関わりがあって、頼りにされている。ゆえに、松蔵にも鉄寛のことを探るように、聖四郎は頼んでいたのである。

浪人は松蔵の顔を知っていたのか、

「ちっ。面倒な奴が来やがった」

と小声を洩らすと同時、グサリと倒れている仲間の浪人の腹を突き刺した。そし

て、蹴り開けられて倒れたままの雨戸を踏み台にして裏手に飛び出し、闇の中に消えた。

「待て、このやろう！」

近藤は雨戸に這い上がってムキになって追おうとしたが、松蔵は止めた。

「大丈夫ですよ、旦那。岡っ引に追わせてますから」

自身番大家の松蔵は町方同心を補佐するために、岡っ引や下っ引を何人も抱えている。

江戸市中には同じような自身番が町ごとにあって、岡っ引と下っ引の数は四千人を超えていたという。もちろん、普段は煮売り屋だの鋳掛《いか》け屋だの様々な仕事を持ちながら、イザというときに駆けつけるのだ。

堺町は芝居街であるから、身元のはっきりしない余所者《よそもの》も大勢入り込んで来るので、番人以外に、岡っ引が常に三、四人、常在しており、大きな事件が起これば、五十人くらいは駆けつけた。

「松蔵か……おまえが出張ってるってことは、またぞろ大がかりな事件なのか」

芝居街は一種の異界みたいなもので、独特の立場にある。

「そんなんじゃありやせんよ。ただ、鉄寛先生には俺も色々と面倒を見て貰ってましたからね。この年になると体のあちこちが傷んでやすからねえ」

とはいってもまだ四十過ぎだ。にこりと笑いかけてから、松蔵は怯えた顔のままの三奈に近づいて、

「なかなかの小太刀の使いっぷりでしたね。でも、無茶はいけませんや」

と、まだ震えている体を癒《いや》すように肩に手を添えた。

「大丈夫……俺はこんな面してるが、聖四郎さん共々、鉄寛先生のことを心から案じてるもんだ。この侍たちの素性を洗って、どうにでも先生を探し出すからよ」

松蔵は足下で息絶えている浪人の喉元に手をあてがってから、

「仲間同士というのに、酷えことをしやがるな」

と呟きながら瞼を閉じてやると、合掌して瞑目した。その松蔵の横顔を見ながら、近藤は、他にもっと何か裏があるに違いないと感じていた。

六

逃げ出した浪人が駆け込んだのが、茗荷谷《みょうがだに》にある奥州岩倉《いわくら》藩の江戸上屋敷だという報せは、すぐさま松蔵の耳に届いた。賊に襲われてから、ずっと鉄寛の診療所

にいた近藤にも報された。

「岩倉藩……？」

松蔵から聞いて駆けつけた聖四郎は疑念を抱いた。同じように、部屋の片隅で、きちんと正座をしている三奈も少し驚いたような目で見ていた。

「岩倉藩といえば、鉄寛先生が剣術指南役をしていた奥州田端藩に隣接する藩じゃないか。浪人というのは見せかけか……藩が動くということは、やはり何か……」

あるに違いないと聖四郎は思った。

「心当たりでもあるのか？」

近藤は、この件に自分には思いもつかない秘密があるような気がして、どうも落ち着かなかった。聖四郎といい、松蔵といい、事件を引き寄せる説明のつかない磁力のようなものを持っていると近藤は感じていた。だからこそ、こちらの手柄になる事件も転がっているということになる。

しかし、大名に関わることならば、触らぬ神に祟《たた》りなしだ。町方が下手に出れば、自分の落ち度だけでは済まないからだ。

そんな近藤の腰が引けた内心を見抜いてか、松蔵は意地悪な口調で、

「旦那。鉄寛先生の行方を探すのが町方の務めでやしょ？　手がかりが掴めたンだ

から、なんとかして下せえよ」

「冗談はよせ。もし、奥州の岩倉藩が絡んでるなら、俺たちは用済みだ」

「どうしてです」

「考えてもみろ。岩倉藩は奥州ではあるが、徳川譜代の大名で、藩主の松尾伊賀守《まつおいがのかみ》は若年寄の職にある。わずか三万石の小藩とはいえ、幕閣として権勢を振るってる御仁の藩だ。俺たちがどう背伸びしたところで、何も出来ねえよ」

「てことは、鉄寛先生のことは諦めろってこってすか？」

「俺は鉄寛のことなど、そんなに知らぬ。金のない者や、岡場所の女たちの面倒を見ていたことには感心するが……もし、若年寄と揉めるような何かがあったとすれば、町方の出る幕じゃない」

言い訳じみて語尾が小さくなるのへ、聖四郎は腹立たしく、

「だったら、とっとと帰って、腰の十手を神棚にでも祀《まつ》っておくんだな」

「なんだと」

「鉄寛先生は自分を犠牲にして、貧しい人たちや哀れな女たちの味方をしていたのだ。町方同心は、その町人たちの味方のはずだ。なのに、あんたも、所詮は、人一人がいなくなったくらいにしか思ってねえんだろう。それが、あんたの本音だ。さ、

帰ってくれ」

と聖四郎はいつになく、近藤に感情を露わにした。おっとりとしているはずの庖丁人が声を荒らげたのに気後れしたのか、それとも、これ幸いと身を引きたかったのか、

「そうさせて貰うぜ。おまえたちも、せいぜい気をつけるンだな。死体で揚がれば、俺が検分してやるよ」

と、わざわざ人を貶《おとし》めるような言葉を投げつけて立ち去った。

「――私、嫌いです。あの人……」

三奈はそう言ったが、松蔵は宥《なだ》めて、

「まあ、そう言うな。旦那が助けに入ってくれなきゃ、あんたも危ないところだったんだ」

「助けてくれたのは松蔵親分です」

「なんだかんだと言っても、どうせ近藤の旦那も気になって調べてくれやすよ」

松蔵はそれ以上、余計なことを言わなかったが、

――正直、面倒なことになった。

とは思っていた。聖四郎とて同じだ。だからこそ、苛立ったのかもしれぬ。

「松蔵……本当は鉄寛先生について、何か知ってて、動いてたんじゃないのか？　俺に言われたのではなくて」

松蔵は密かにではあるが、松平定信から町場の様子を探るよう命じられている。もちろん聖四郎の知らぬことではあるが、

——裏で繋がっている。

しかし、松蔵は余計なイザコザを起こさぬように、自分で始末してきた。その思いの裏にはふたつある。ひとつは町方同心の前やお白洲に引きずり出さねばならぬような事件になったとき、何もしていない奴が罪を着せられることがあるし、時もかかるからだ。もうひとつは、悪さをする奴には大概、何か深い訳がある。それを勘案して、心から悔いた者は逃がしてやりたいからだ。

聖四郎もその気概は理解していたつもりだが、事が権力と関わりあるものとなると話は別だ。真実を揉み消そうとしたり、町人の暮らしを踏みにじって侍を庇うようなことがあってはならない。

「……聖四郎の旦那。俺がそんなふうな男だと思っててんですかい？」

「思ってないから訊いている。本当は、松平定信に何か調べろと言われてるのではないのか？　あの人は俺の親父とも親友だったという。めったに人に心を許さなか

った親父が許した御仁だ。悪い人ではなかろう」

「へえ……」

「しかし、幕府の筆頭老中という立場がある。立場こそが人の心を変える。考えも変える。さすれば行いも変わる……俺も時々、うまいこと利用されることがある。所詮は、権力者だってことだ」

「そうかもしれやせんね」

松蔵は大の将棋好きで、何度か松平定信と指したことがあるが、人柄がすぐに分かったという。将棋も碁も相手の心を読む知的な遊技であるから、人との間合いや心遣い、気配りなどが自ずと知れるのだ。

「実は……」

と松蔵は正式にではないが、鉄寛という町医者が行方知れずになってからすぐ、松平定信の側用人が堺町の自身番に来て、

『行方を探り出せ。見つけ次第、町方には渡さず、御老中宅まで報せろ』

と命じられたという。松蔵の抱えている岡っ引の数を知ってのことだった。

「やはり、鉄寛先生は藩が動くほどの何かを握っているということなのだな」

「そこまでは知りませんがね、御老中が知りたがっている何かがあるんでしょう」

「で、行方は摑めたのかい」

「それがまだ……」

「掘割からは見つかってないんだ。きっと、何処かで生きているはずだ。にも拘わらず、姿を現さないのは、何か考えがあってのことに違いあるまい」

「へえ……」

「松蔵。本当は何か……」

「いいえ。あっしは何も知りやせん」

いつもと違って歯切れの悪い松蔵を睨むように見た聖四郎だが、それこそ何か考えがあってのことかもしれないと、それ以上は何も訊かなかった。

「そうか。だったら、仕方ないな。俺が自分で調べてみるまでだ」

聖四郎は政事《まつりごと》だの事件だのには関わりたくない性分だ。が、親しくつきあっていた人間が得体の知れない大きな罠にかけられたとしたら、救い出そうとするのが人情であろう。

「近頃、政事には情が必要だと言う幕閣や奉行は多いが、それは武士は相身互《あいみたが》いという意味であって、町人百姓に情けをかけるわけじゃない。松蔵……おまえさんは、その手先にならねえよう祈ってるぜ」

と聖四郎は皮肉を込めて松蔵を見やると、三奈を伴って自身番を出た。

七

聖四郎はすぐさま、三奈を日本橋西河岸町に連れて行った。町年寄・喜多村家に預かって貰うためだ。

「ああ、いいですよ。聖四郎さんの頼みなら、嫌とは言えますまい」

と久右衛門は快く承知してくれた。

傍らで見ていた久美花はプンと頰を膨らませて、

「どうして聖四郎さんは、いつもいつも、そうやって若い娘さんや綺麗な女の人には親切なんでしょうね」

「人として当然のことをするまでだ」

「とは思えませんけど。下心が見え見えですよ、まったく」

久美花がはしたないくらいに妬《や》くのを、久右衛門は窘《たしな》めてから、

「三奈さんは、危ない目に遭った上に、慕っている鉄寛先生を案じているのだ。おまえもう子供ではないのだから、同じ女として、三奈さんの面倒を見てあげなさ

い」

「でも、お父様……」

「聞き分けのないことを言っていると、ほら、それこそ聖四郎さんに嫌われるぞ」

　渋々頷いた久美花は、三奈を自分の部屋に連れて行った。

　生来、久美花は明るくて、誰とでも親しくなれる性質《たち》である。同じ年頃だし、意外とあっさりつきあえるようになるかもしれない。とまれ、今は、三奈の身を守ることが最も大切なことだった。

「久右衛門さん。今般の事件は久美花からも聞いてるとは思うが、町年寄として何か耳に入っていることはありませんか」

「そのことですがな……」

　と久右衛門は屋敷内であるにも拘わらず声をひそめて、離れの茶室に案内した。

　そこで誘われるままついて行く途中で、聖四郎は背中に射るような視線を感じた。

　ふっと振り返ったが誰もいない。

　いや……三奈が母屋と表屋敷を繋ぐ屋根付きの渡り廊下から、じっと見ていた。

　聖四郎も見つめ返したが、三奈は小さく頭を下げると、そのまま奥へ入った。

「……妙だな」

と呟いたが、久右衛門の耳には届いていなかった。

躙《にじ》り口《ぐち》ではなく、廊下から茶室に入る。型どおりの茶壺や湯釜などがあったが、ほとんど使っていない様子だった。聖四郎が天井や床の間の掛け軸などを見回していると、

「ここには時々、町奉行が参りますのでな、その折に使います」

と言い訳がましく言ってから、

「聖四郎さん……鉄寛という男のこと、何かご存じなのですかな？」

「奥州田端藩で剣術指南役をしていたのが、脱藩して町医者になったということらしいです。私は昔のことはあまり気にしていませんので」

「でしょうな。でも、私の立場ではそうもいかないのです」

久右衛門の好々爺《こうこうや》らしい表情が、まるで〝暗黒街〟の顔役のような雰囲気に変わった。

町年寄の職務は実に多岐にわたっていた。流入者の増加による治安の悪化や火事などの災害対策、あらぬ風評による町人への扇動行為などを取り締まる一方で、豊《と》島郡《しまごおり》など江戸周辺の村々に対して、代官代わりの務めを行った。神田、玉川《たまがわ》などの上水道や下水道の管理、町触れの伝達から、町場の区画整理ともいえる地割《じわり》、さ

らには宗門改めや商人や職人などの組合結成や様々な訴訟事の調停など、実に多様な仕事に日々追われていた。

殊に、幕府にとって不都合な人間が流れ込んで来たときには、その素行などを見張る役目が奉行所から強要された。

鉄寛は江戸に来たときから、いわば、お上に睨まれていたのである。

その男が何者かに狙われ、ふいに姿を消した。しかも、狙ったのが、若年寄の家臣だということになると、

――何かある。

と誰であろうと、不穏な空気を感じるのは当然である。

「若年寄・松尾伊賀守が藩主である奥州岩倉藩と隣藩の田端藩は、かねてより、色々と紛争が絶えなかったらしい。殊に水利や境界線で揉めていたらしいが、何年か前のこと、田端藩内で御家騒動が起こり、隣の藩との諍《いさか》いどころではなくなったのです」

「御家騒動……よくあることですが、嫌なものですな」

「しかし、その火付け役というのが、松尾伊賀守だというのが、もっぱらの噂なのです」

「隣藩のことに口出ししたと言うのですか」

「はい。松尾伊賀守は、田端藩の反主流派に密かに働きかけ、殿を暗殺する黒幕になって、武器や弾薬まで流していたということです。もっとも風聞ですので、どこまでが正しいのか分かりませんが、この事は松平定信様の隠密も調べたことですから、信憑性はあるかと思います」

「ふむ……」

聖四郎はまたぞろきな臭いものに巻き込まれる予感がして、少々気がそがれたが、それでも真実は暴かねばならぬと思っていた。余計なことに首を突っ込みたいわけではないが、そういう運命《さだめ》なのであろうか。

「しかし、久右衛門さん。伊賀守がそんなことをして何になるのです。狙いは一体……」

「そこなんですよ」

と久右衛門は掛け軸の裏にある隠し戸棚から、一枚の紙切れを取り出して、おもむろに聖四郎に見せた。

何かの地図のようだが、日に焼けて黄ばんでおり、墨も薄くなってはっきり読み取ることはできない。しかも、端が破れているので、この部分だけ残ったものなのであろう。

「これは？」

「金鉱の在り処《か》を記した絵図面です」

「……金鉱？」

「はい。田端藩領内で見つかった金の鉱脈なのです。領内といっても、見て分かるように、岩倉藩とのすぐ境です。もっとも、絵図面の半分はないので、きちんとした位置は分かりませんが、およそのことは……」

「久右衛門さんがどうして、これを？」

「松平定信様から預かっておるのです。いずれ、役に立つ時がくると」

「松平様から……」

聖四郎は益々、きな臭いものを感じたが、言葉には出さず、絵図面をじっと眺めていた。特段、変わったものでもない。つまり暗号めいたものが書かれているわけではないということだ。

「もしかして、この金鉱のために……若年寄の松尾伊賀守は、隣藩の御家騒動を仕組んだ、とでも言うのですか」

「さすがは聖四郎さん。勘が鋭い」

「それは、どういう……」

久右衛門は少し声を落として、

「田端藩が御家騒動を起こして、領内に混乱が起これば、金を掘るどころではない。ただでさえ隠し金山と見なされるのに、御家騒動が幕府に知れるとなると、下手をすればお取り潰しになる。ましてや、隣藩の岩倉藩主は若年寄ですからな、相当、気を使っていたのでしょう」

「でしょうな。しかし、それで、どうして岩倉藩の得になるのですかな？」

「その金鉱ですよ」

丁度、金鉱があるあたりは、笹野《ささの》峠といって、急峻《きゅうしゅん》な山になっており、殊に田端藩側からは掘削《くっさく》しにくくなっている。ところが、岩倉藩の方はなだらかなので、掘り進めていけば、意外と簡単に金鉱に届くのだ。

つまり、岩倉藩は地中から田端藩領内に侵入して、金鉱を掘り尽くすことだってできる。それを実行をするためには、両藩が睨み合っていてはなかなかできない。

現実に、笹野峠には、田端藩が番小屋を設けて、岩倉藩が密かに掘削しないように見張っていた。

だが、岩倉藩の方は、田端藩の番小屋から見下ろせる所に、爆破物などを仕掛け

て、堂々と掘っていた。田端藩から抗議が来ると、

「これは井戸の掘削にて候《そうろう》」

と惚けていたという。

かといって、公儀に届けていない金山を黙って掘っている田端藩としても、声を大《だい》にして言えない。そんな状況の中で、松尾伊賀守は、田端藩内に金山に代わる騒動を起こせば、金山掘削の監視どころではなくなると踏んで、御家騒動を仕組んだのである。

その騒動のために、松尾伊賀守に籠絡《ろうらく》されて動いたのは、

――田端藩の反主流派の佐竹新八《さたけしんぱち》。

という勘定方の役人だった。まだ二十半ばで青雲の志を胸に秘めていた男である。田端藩主の堀田《ほった》侍従《じじゅう》亮《のすけ》は、佐竹新八からすれば、領民を苦しめる奸賊《かんぞく》に見えた。だから、その従兄弟《いとこ》にあたる堀田采女 丞《うねめのじょう》を担ぎ出したのである。もちろん、采女丞が藩主になった 暁《あかつき》には、

――幕府のしかるべく役職に推薦する。

と松尾伊賀守は、密約を交わしていたのである。

「そして、金鉱は奥州岩倉藩が掘り出し……万が一、公儀に見つかっても、それは

田端藩領内のものとでも言い逃れするつもりだったか」

聖四郎がそう唸ったとき、いきなり障子戸が開いて、久美花が顔を出した。手ずから持ってきた皿には草餅がある。

「奥州岩倉藩とか聞こえたけれど、それって何か事件なの？」

「立ち聞きをしておったのか」

「違います。お父様は茶を飲むときは必ず甘いものを召し上がるので……」

と見回したが、茶を点てた形跡はない。

「なんだ……飲んでないの？」

バツの悪い顔になる久美花に、聖四郎はゆっくり歩み寄りながら、

「岩倉藩のことを知っているのか？」

「知ってるってほどじゃないけど、ほら、聖四郎さんの食事を食べ尽くしたいって来た早峰六郎太。あの人、奥州岩倉藩を脱藩して逃げてるんですって」

「脱藩……追われる身ということか」

「うん。だから、死ぬ前に旨いものをたらふく食べて死にたいって、この前、わあわあ泣いてたよ」

「泣いて？」

「ええ。死ぬ覚悟がなかなかできないんだって」

事も無げに言う久美花を、聖四郎は呆れて見やっていた。

「聖四郎さん……」

久右衛門が小さく頷くのへ、聖四郎もその意図を汲んで頷くのだった。

八

忍川には荷舟は少なく、川遊びをする小ぶりの舟が多かった。底が平らになっているもので、櫓ではなく、竿で操る舟だ。

聖四郎は河岸で待っていたのだが、『下善』に来るはずの約束の刻限を過ぎても、早峰は現れなかった。

「妙だな……」

誰かに命を狙われているとのことだから、殺されたのではあるまいかと案じた。

ふいに目を移すと、『下善』の前に、虚無僧《こむそう》が何をするでもなく佇《たたず》んでいた。聖四郎は河岸から離れると、

「大丈夫でしたか、鉄寛先生」

と声をかけながら近づいた。

驚いて振り返った虚無僧はわずかに深編笠を上げて、

「なんだ。こんなにすぐバレるとは、さすが乾聖四郎……いや、俺の変装が悪いのか。いやはや驚いたぞ」

そう答えたのは、やはり鉄寛だった。

「びっくりしたのはこっちです。ここではなんですから、さ、中へ」

聖四郎から請われるままに『下善』に入った鉄寛は、二階の奥の座敷に落ち着いたところでようやく深編笠を取った。早峰の夕餉のために借りている部屋だ。開け放たれたままの忍川に面した窓から、森の匂いが風に乗って流れてくる。

「先生。みんな案じていたんだよ。弟子入りを願ったあの娘もな」

「娘も？」

「三奈という娘だ。ま、生きててくれてほっとしてるが、一体、何があったのです」

聖四郎が真顔で心配しているので、鉄寛は頭を下げてから、釣りをしている最中に襲われたこと、それから掘割に落ちて、流されたことなどを話した。丁度、未明のことだったし、貯木場になっているので、襲撃した者たちから姿を隠すことができたという。受けた傷も思いの外軽かった。

「それで、何処へ身を隠してたのです。やはり、岩倉藩の者から狙われる訳があったのですかな？」

「……聖四郎殿。そこまで知ってたか」

不思議そうな顔になった鉄寛に、町年寄から聞いたことを粗方《あらかた》話した。もちろん、鉄寛は人に知られているとは思っていなかったから、驚きを隠せなかったが、

「なるほどな……御老中の松平定信様は、そこまでお調べになっていたか」

「微力ながら俺も力になりたい。隠し金山のことが本当ならば、幕府に申し出れば、すぐにでも解決されよう。それよりも、鉄寛先生。あなたがどう関わってるのだ。まさか、若年寄の伊賀守に金を握らされて、田端藩内に騒動を起こしたのではありますまいな」

「そんなことまで……」

調べ出していたのかと更に驚愕の顔になった鉄寛に、聖四郎は微笑みかけた。

「先生。俺はね……いや、先生に診て貰ってる患者の江戸っ子たちはみんな感じてると思う。先生は、権力におもねらず、威張りもしなけりゃ、媚《こ》びもしない。つまりは人と人、心から和をもって接してくれるお方だとね。だからこそ信頼できる。

ま、少々、顰《しか》め面《つら》なのが玉に瑕《きず》だが、先生ほど頼りにされてる人はいませんよ」

「……」

「だから、一人で悩まず、俺たちに少しでも話してくれればよかったんだ」

「迷惑をかけたくなかったのだ」

「気持ちは分かるが……ま、それはもういい。事の始末がつけば必ず、深川の連中にも元気な顔を見せてやって下さいよ」

聖四郎は心底、安堵したように鉄寛の手を握り締めてから、

「それにしても、なぜ『下善』に？　まさか俺がここにいると知って」

「いや、そうではない。実は、ある男を探しておったのだ」

「ある男……」

「この店で見かけた者がおるとのことでな。様子を窺っていたのだ」

「誰なのです、それは」

「早峰六郎太という、元岩倉藩の藩士だ」

「ええっ」

「知ってるのか」

「……知ってるもなにも、いわば俺の客だ。この一月、毎日、俺の夕餉を食うため

に来ていた。まさにこの部屋にな」

「まことか！」

鉄寛が逸《はや》る気持ちを抑えかねて腰を浮かすのを、聖四郎は冷静に落ち着かせてから、

「どうして、早峰殿を探しているのです。あの人は悪そうな人には見えなかったが」

「聖四郎殿、人が良いか悪いかは関わりないのだ、政事ではな」

「ならば、何をしたのです。先生のその顔つきでは、今にも斬りそうな勢いですが？」

「さよう。奴は、私の門弟だった、佐竹新八という男を殺したのだ」

「佐竹新八……」

これまた久右衛門から聞いた名だ。

「もしや、その男は、堀田采女丞を担ぎ出して、田端藩主の侍従亮とすげ替えようとするために動いた人ですかな」

「一体、何処まで知っておるのだ」

聖四郎はそれには答えず、佐竹新八は若年寄の松尾伊賀守に籠絡されて、田端藩

内に騒動を起こすのに一役買わされたのだと語った。

「では、その男がどうなったか、知っておるか」

「いや……」

「殺されたのだ。早峰六郎太らによってな」

「えっ、本当ですか」

「ああ。早峰の仲間は他にも二人いたが、既に俺が斬ってる」

「……」

「佐竹は田端藩の勘定方の役人だったが、剣術指南役だった俺の師範代も務めていた男だ。若年寄に籠絡されただと……そんなこと信じられるか」

「俺も話に聞いただけだから真相は知らぬが、松平定信が調べたことだ」

「いや、待てよ……。そういうことか……」

鉄寛は己一人が納得して頷いた。どういうことだと問いかけた聖四郎に、

「伊賀守のやりそうなことだ……佐竹には老いた母親がいたが……おそらく母親の命を盾に取られていたのであろう。だから、やむを得ず、佐竹は殿の従兄弟を担ぎ出す役回りを受けた」

「仮にそうだとしてだ。何故に、早峰さんが殺さねばならぬ。早峰さんは伊賀守の

家臣だったはずだ。籠絡した当人が、いわば味方になった佐竹を斬るというのか」

「そこが伊賀守の狡《ずる》いところよ」

と鉄寛は悔しそうに窓の桟《さん》を叩いて、

「佐竹を煽《あお》るだけ煽っておいて、田端藩に混乱を生じさせた上で、早峰には、後腐れのないようにと佐竹を殺させたのであろう」

「さもありなん……か」

そんな陰謀や駆け引きばかりをやっているから、聖四郎は権力の周辺に身を置くのが嫌なのだ。江戸に来てからというもの、殊に松平定信に関わって以来、怪しげな事件に遭遇してばかりであった。

「ならば、鉄寛先生はなぜ田端藩を脱藩したのですか」

「簡単なことだ」

「と言うと……？」

「俺を狙って来たのは、聖四郎殿、そこもとも調べたとおり、岩倉藩士。若年寄松尾伊賀守の家臣だ。つまり……私に生きていられてはマズいからだ」

「鉄寛先生に生きていられては不都合なこととは」

「例の金鉱の地図は、実は俺が持っていたのだ」

田端藩において鉄寛は、主流派に属していた。その鉄寛が、ひょんなことから岩倉藩の陰謀を知り、鉱脈の図面を奪ったのだ。しかし、御家騒動は既に大きくなっており、鉄寛一人ではどうしようもなかった。

鉄寛が地図を奪ったことを知った岩倉藩は、金山の秘密を漏らされては困ると、前々から命を狙っていたのだ。感慨深く鉄寛は語った。

「相手は若年寄だ……御家騒動にかこつけて、藩をなくしてしまうであろう。そう覚悟した藩主は切腹。その後を従兄弟の采女丞が継いだのだ」

「………」

「二君に仕えず……その思いで、俺は藩を辞したが、せめて、故郷《ふるさと》の自然だけは汚したくない、そう思った。金山が掘られれば、美しい里がなくなる。美しいまま、後の世に残したかった……」

「その地図は何処にあるのです。残りの半分は、町年寄の喜多村久右衛門さんが、御老中より預かっている」

「そんなものは、とうに捨ててある。それこそ政争の具にされかねぬからな」

「そこまで考えているのならば、早峰を斬ることはないのではないか？」

聖四郎は語りかけたが、鉄寛はそれは承知できぬという顔になって、

「いや。奴は、俺の大切な弟子の命を奪ったのだ。理由はどうであれ、仇を討つ」

「そこまで言うなら、鉄寛先生……私は、意地でも、早峰さんを守ってみせる」

「なんだと？」

「早峰さんは俺の客だ。客であるうちは、この腕にかけても守ってみせるよ」

直心影流の使い手である聖四郎の腕を、さすが元剣術指南役だけあって鉄寛は見抜いていた。いつも腰に差しているのが、名刀〝一文字〟であることも知っている。

「ならば、こちらも……」

と鉄寛は言葉を濁して、わざと隙を作って背中を向けると部屋を出て廊下で立ち止まった。いずれ対決したいとでも言うのであろうか。

「鉄寛先生。俺はあんたとは斬り合いたくない。深川のみんなも待っている。早峰さんの方は俺がなんとかするから、診療所に戻ってくれないか」

「……」

「お願いだ。みんな、困っているのだ……顔を見せると、安堵すると思うがな」

聖四郎は精一杯、誠意を込めて言ったつもりだが、鉄寛は何も言わずに立ち去った。

九

だが、鉄寛はその足で深川に戻った。

近所の人々や、かかりつけだった患者たちも、鉄寛の帰りに大喜びであった。そして、ずらり並んだ人々を、何事もなかったように、いつもの渋い顔で診察した。

その夜——。

聖四郎から話を聞いた三奈は、こっそりと診療所まで赴いて、

「先生……ご無事でなによりです」

と他の人々にも増して、心から安堵の顔を見せた。

「どうして、おまえはここまで俺ごときに肩入れしてくれるのだ」

「それは先生のお人柄ゆえです」

「本当におかしな娘だ」

「そうですか？　先生をお慕いする人は多いと思いますよ」

「そうかな……」

「はい。先生、私を弟子にして下さいますか？」

「それとこれとは別だ。私は……」

鉄寛は喉に何か物が詰まったように咳払いをしてから、「自分以外に面倒を見るほどの余裕はない。今はいわば余生みたいなものだ。あんたはまだ若い。医学を学びたいのならば、他に幾らでもいい医者はいる。その人たちに比べれば、俺は素人みたいなものだ」

返事はなかった。鉄寛が振り返ると、そこには三奈が小太刀を構えて立っていた。

「やっと二人だけになれました」

「……やはり、そういうことか。俺に怨みでもあるのか」

鉄寛はさして驚く様子もなく、三奈をちらりと一瞥《いちべつ》しただけで背を向けた。隙だらけの背中に見えるが、なぜか三奈は斬りかかることができなかった。

「理由はなんだ。おまえも伊賀守の手先か」

「……」

「言っておくが、そんな小太刀では俺を仕留めることなんぞできぬぞ」

三奈は震える手で小太刀を握り締めて、荒い息で立ち尽くしていた。

「初めて俺を訪ねて来たときから妙だと思っていたのだ。聖四郎に話を聞くと、おまえは涙を流して俺の行方を心配してたようだが、それは芝居。本当は、止《とど》めを刺せたかどうかが気になっていたのではないか？」

「――そのとおりです」

と三奈は居直った声で続けた。

「あなたは私の兄を殺した」

「兄……？」

「そうです。岩倉藩士、大河原壬兵衛《おおがわらじんべえ》。その手で斬っておいて、忘れたとは言わせませんよ」

「……ああ、早峰の仲間か」

「そうですッ」

「大河原と、もう一人は瀬沼《せぬま》とか申しておったな」

と鉄寛は、三対一で斬り合ったことを思い出していた。その折、大河原と瀬沼は容易く倒したが、早峰だけを討ち洩らしたのだ。脱藩してから後のことである。

その時の様子を鉄寛は三奈に話してから、

「そうか……大河原殿の顔ははっきり覚えておらぬが、その妹か……」

「鬼！　畜生！　そんな奴が、いけしゃあしゃあと医者を名乗ってるのか！」

「尋常な果たし合いだ。しかも、向こうが三人。こっちは俺一人だ」

「でも殺したことには違いない」

「殺らねば、こっちが殺されていた。しかも、俺にとってみれば、可愛い弟子の仇討ちだ。討ち洩らしてはそれこそ末代までの恥……いや、そんなことよりも佐竹が無念であったろう」

「黙れ、黙れ！」

思わず突きかかった三奈の刃が、鉄寛の背中に突き立ったかに見えた。が、寸前、ふわりと鉄寛が体を入れ替え、三奈はそのまま壁に激突した。振り返ってさらに突きかかったが、鉄寛は咄嗟に三奈の腕を摑んで、体ごと床に押さえつけた。

「三奈とやら……そんなに仇討ちをしたければ、後で幾らでもやらせてやる」

「………」

「俺とて佐竹の仇を討つまでは死ねぬ。早峰を打ち倒すまではな」

三奈の顔が苦痛に歪み、真っ青になった。

その時、ガラッと表戸が開いたかと思うと、数人の浪人が乗り込んで来た。既に抜刀している。

「――三奈。ようやった……聖四郎も町年寄もつくづくお人好しよのう。おまえが岩倉藩の手の者とも知らず、ペラペラと喋ってくれたらしいな」

浪人たちの中には、鉄寛を材木堀で襲った者もいた。つまり岩倉藩士だ。もちろん、鉄寛の暮らしぶりを、逐一、岩倉藩士たちに報せていたのは三奈である。

「ご苦労だった、三奈。おまえの務めもこれまでだ」

と三奈もろとも鉄寛を斬ろうとした。

えっと意外な顔になる三奈を、鉄寛は押しやって、

「危ない！」

次々と振り下ろされる浪人たちの剣をかいくぐって避けた。だが、刀を診療所の隅に置いたままなので、脇差で戦おうとしたが、図らずも弾かれてしまった。

「小野寺鉄寛。金山の絵図面を出せ。あれが世に出れば、我が藩にとっても何かと面倒なのでな」

「そんなものは破って捨てたが、あったとしても、おまえたちにはやらぬ」

「愚か者めが」

さらに斬りかかってきたが、鉄寛が巧みに避けると、返す刀で三奈を狙って斬り殺そうとした。

「やめろッ」

鉄寛は思わず体を投げ出して、三奈を庇った。相手の刀の切っ先がその背中をバ

サリと斬った。鉄寛は、うわっと悶絶《もんぜつ》の声を発したが相手に組みかかり、足払いをかけて倒した。しかし、その体を、他の四人の刀が次々と突き刺した。

「き、貴様ら……貴様ら……」

目を真っ赤にして鬼の形相になる鉄寛に、「安心せい。おまえの仇討ち、早峰六郎太も後で俺たちが始末しといてやるよ。安心して冥途《めいど》へ行け」

と止めをグサリと刺した。激しい鮮血が飛び散った療養所の中は、まさに地獄であった。長屋の者たちが騒ぎに気づいて駆けつけたが、あまりにも凄惨な情景に言葉も出なかった。

「構わぬ。こやつらも始末せい！」

岩倉藩士の中の頭目格が怒鳴ると、三奈と長屋の男衆を殺そうとした。

そこへ、「待て、待て！」と駆けつけた聖四郎が部屋に入ってきた。危うく血で滑りそうになった。それほど激しく鉄寛は斬りつけられていたのだ。その凄まじい場面を目の当たりにして、怒りが沸々《ふつふつ》と湧いてきた。

「……遅かったか……気づくのが遅かった……鉄寛先生……済まぬ」

聖四郎は腰の一文字を抜刀すると、青眼に構えた。そして、鋭く五人の岩倉藩士を睨みつけて、

「武士の情けだ。このまま御老中、松平定信様に申し出て、金山の一件から、田端藩騒動の画策の顚末《てんまつ》、すべて話すなら、命までは取らぬ」

「何を世迷《よま》い事《ごと》を」

「すべては露見しているのだぞ。今頃は、町年寄に付き添われて、おまえたちの仲間だった早峰六郎太も松平様に会ってるだろうよ」

「なんだと⁉」

「どうやら、俺の料理にほだされて、真実を語る気になったらしい」

「何を訳の分からぬことを！　死ねい！」

と岩倉藩士たちが斬り込んで来たので、聖四郎はすっと引いて、長屋の外に飛び出した。相手も誘われるように表に出て来た。屋外でないと思うように刀を振れない。しかも、行灯もつけず真っ暗とあっては、多勢に無勢の聖四郎が不利だ。

幸い今宵は月が煌々と照っている。

聖四郎は半歩下がって下段に構え、鋭く討ち込んで来る相手の刀を弾きながら、膝や肘、手首や脇などを、ほんの三拍で打ち払った。鮮血も見せないで、藩士たちはがらがらと積み木が崩れるように倒れた。筋だけを狙って斬ったのである。

「俺は殺生は嫌いだ。どうでも続きをやると言うならば、是非もないがな」

と鋭く見下ろす聖四郎の威容を見て、頭目格は潔く切腹して果てたが、他の者は必死に地面を這いながら逃げようとしていた。

十

松平定信から、評定所に証人として呼び出された早峰六郎太によって、若年寄松尾伊賀守の〝謀略〟はすべて露見した。いや、正確に言えば全てではない。定信の推察を早峰の言動が裏付けただけだが、三奉行と大目付、目付ら五人掛かりで責められては、金山の隠し掘りも認めざるを得なかった。

早峰が、岩倉藩士として、他の者と行動を共にし、田端藩士の佐竹新八を闇討ち同然に殺したことは、公儀にて処罰することではないと、即刻、解き放たれた。それは、

――恥と思うならば、切腹しろ。

という武士の情けなのだが、早峰にその勇気はなく、とぼとぼと聖四郎の長屋を訪ねて来た。最後の最後に、旨いものを食べて死にたいというのだ。

「ならば、早峰殿。町年寄の屋敷まで来るか」

「え……」

「おまえのために、今生の別れの飯を作って、みんなで祝ってやろう」

「祝う……？」

戸惑う早峰を強引に連れて、喜多村家に着いたときには、日が暮れ、しとしとと雨が降り始めていた。おそらく若年寄松尾伊賀守とともに、岩倉藩の藩士たちが処分されたのであろう。そんな日は必ずといっていいほど雨となる。自然の摂理と人の死は何処かで繋がっているのかもしれぬ。

喜多村家の屋敷に入った途端、

「早峰様……」

と声がかかった。振り返ると、見覚えのある娘が立っていた。人に言えぬほどの重い不幸を背負っているのか、酷く青ざめていた。

「ああ。あんたは大河原の……」

妹であることを思い出したらしく、早峰は実に懐かしそうに近づいて手を握り締めた。会ったのは二、三度で、しかも小さな頃だけだったが、三奈の顔に兄の面影を見たのか、

「大河原には済まぬことをした……守り切れなかった」

鉄寛に斬られたことを言っているのだ。大河原のため、自分は鉄寛を探し出して斬るべきだったと早峰は話したが、三奈にはもはや鉄寛を責める気にはなれなかった。

「私は……間違ったことをしていたのかもしれません……」

「え？」

「早峰さん。あなたも、そうではありませんか？」

三奈は、鉄寛が身を挺して自分を助けてくれたことに忸怩たる思いがあった。兄の仇討ちだと狙っていた相手が、彼女を守るために身を投げ出したのだ。

しかし、そのことがなければ、おそらく目の前の早峰は、鉄寛に殺されていたかもしれない。仇討ちの連鎖は、どこかで絶たねば、永遠に続くことになってしまう。

とはいえ、その原因を作ったのが岩倉藩主だと知った三奈は、自分の兄もまた伊賀守に翻弄されて死んだのだと思い至った。かくも、一人の為政者の野心や身勝手は、名もなき人たちの心の中までも殺伐としたものにしてしまうのだ。

「その通りだ、三奈さん……俺は国許に帰って来た殿から直々に、田端藩の佐竹新八を闇に葬るよう命じられた。大河原、瀬沼と一緒にな……訳は知らなかった」

「訳も知らず？」

「殿からの命令は絶対だ。だが……後になって、佐竹という男は、自分の母親を人質に取られて、田端藩を混乱に陥れざるを得なかったと知った。もちろん、うちの殿の陰謀によってな……殺害はその口封じが狙いだったようだ」

徐々に真相が分かってきた早峰は、知らずに荷担していたとはいえ、自分たちがしてきたことに正義を感じられず、怖くなってきた。だが、逃げようがない。

そんな時、元田端藩剣術指南役の小野寺鉄寛に仇討ちを申し込まれた。

「こっちは三人で立ち向かったが、大河原と瀬沼が斬られ……俺は怖くなって、藩から逃げ出した。俺を狙って来るのは鉄寛だけではない。おそらく藩からも追っ手がかかるだろう。そう思って、俺はできるだけ逃げようと考えた。卑怯と言われようと逃げるしかなかったンだ」

だが、毎日のように悪夢を見た早峰は、死の恐怖から逃れるために、飯を食うことに没頭した。ただ食べるだけではダメなのだ。できる限り旨いものを食べる。そうすることで恐怖心が薄れることは、戦国の世に、足軽たちが酒や旨い料理によって気を紛らしたことと同じである。

「旨いものを食べると、死の恐怖よりも、生きたいという気持ちの方が強くなると言われている。だから、俺もそれに倣《なら》って、ひたすら食った。食うために偽名を使って働いた。だが、次の日は生きていられるかどうか分からない。いつ、追っ手が来て殺される分からないから、毎日、これが最後の食膳のつもりで食べていた……結局、死の恐怖は消えないが、薄めることはできた」

　聖四郎と三奈は黙って聞いていた。早峰は人の本性の有り様を話している。ただ、死んだ同僚や殺した相手に対する畏敬《いけい》の念や配慮に欠けるので、空しさだけが沈滞した。

「評定所では正直に話した。ああ、話したつもりだ……でも、失った命は……どの命も帰って来ない。俺は……どうすれば、よかったんだ……」

　絶望の淵に立ち、早峰は打ち震えながらも、三奈に懸命に謝っていた。謝るほか術《すべ》がなかったからだ。

「どうして、そんなに謝るのです……」

　と三奈は早峰の顔を覗き込んだ。

「俺だけが助かって、尚《なお》かつ、逃げて生き延びようとしていたからだ。卑怯者なのだ、俺は……潔く果てていれば、こんな思いはせずに済んだかもしれぬ。ううッ……」

　あまりにも悲痛に嘆くのを横目に、聖四郎は黙々と飯を炊いた。真っ白な米である。

炊きたての白い米は程よく蒸れていて、土鍋の蓋を開けると、ほんのりと飯の匂いが漂って、心を落ち着かせた。

「白い飯が一番の馳走であると、いにしえより言い伝えられてる。目出度《めでた》い席には尚、必要だし、最期の飯にも相応しい」

「最期の……」

「武士として覚悟ができていたのではないのか？」

聖四郎が冷ややかに言うと、早峰はがくがくと震えながら顎を鳴らして頷くものの、自ら腹を切るという覚悟には至っていないようだった。理不尽な死は幾らでもあるが、評定所から放たれ、自決を選ばされたことは、武士として喜ばなければならないことであるはずだ。

もとより、切腹ほど理不尽なことはない。しかし、命令とはいえ、人の命を奪ったという事実は変えられぬ。

「俺はあんたを守るつもりでいた。鉄寛からな。だが、今のあんたを見てると、いささか拍子抜けだ。俺に勝負を挑んだときの気迫がまったくない。あれはハッタリだったのか」

「それは……」

早峰は項垂れたまま言葉を飲み込んだ。

静寂の中で、しばらく、ふつふつと飯の炊きあがった音がしていた。きれいな〝蟹の穴〟が広がる土鍋の中を見て、聖四郎はおもむろに茶碗によそった。

「――さあ。これを食べて、自分で決めるがよかろう」

ゆっくり差し出すと、早峰は震える手で茶碗を掌にのせたが、食膳に並んでいた箸をうまく持つことができなかった。とても、喉に飯が通るような様子ではない。

そんな哀れで切ない姿を見ていて、三奈は思わず聖四郎に声をかけた。

「もう堪忍してあげて下さい……兄も、同じ気持ちだと思います……早峰さんは何も悪くない。自分だけが助かったからって、後ろめたさを感じることはありませんん」

「………」

「私もそうです……もう怨みません……斬り合った者同士、やむを得ずしたこと……上役や殿様に命じられてやったまでのこと……これ以上もう、苦しまないで下さい……私ももう誰も怨みません」

切々と語る三奈の涙顔を見て、聖四郎は小さく頷いた。

「食うとは、人を良くすると書き、飯とは、良き人に返ると書く。早峰殿、あなたが食うことに逃げたのは間違いではない。人として生きようと、心の奥ではそう思っていたのだ……良き人とは、殿の命令に諾々と従うことではなかろう」

「聖四郎さん……」

「もうよいのではないか。自分を許しても」

早峰は茶碗に盛られている真っ白な飯をしみじみと見つめて、箸先で掬《すく》うように取ると、口に運んだ。そして、目を閉じ、実に旨そうに嚙みはじめた。

第四話　鷹の爪

一

すれ違う人の肩に滴《しずく》を垂らさないように、〝傘かしげ〟をして路地を通った女が、

「ごめんくださいまし」

と小さな声を洩らした。

相手の武家らしき男も番傘を傾け、微笑みを返して通り過ぎてしばらくすると、ステンと倒れた。

すれ違った朱色の道行《みちゆき》の女は、後ろで起こったことに気づいた様子がなく、そのまま路地を抜けたが、次に通りから飛び込んで来た職人風の男は吃驚《びっくり》たまげた。

「もし。大丈夫ですか、旦那」

と声をかけたが、みじんも動かない。雨に打たれたまま倒れているので、そっと近づくと羽織の紐がちぎれていて、鳩尾《みぞおち》あたりにタラリと血が滲んでいる。そこに

は刃物が突き立てられていた。

「うわっ」

仰《の》け反《ぞ》った職人風の男は水たまりで足を滑らせて、したたか腰を打ってしまった。

「ひ、人殺し……！」

這うように通りに出ながら、職人風の男は声にならない声を洩らしていた。夕暮れ時だが、瀟《しょう》々《しょう》と降る雨のせいか、辺り一面、鼠《ねずみ》色にくすんでおり、何かが蠢《うごめ》いているようにしか見えなかったが、異変に気づいた者たちが次々と集まってきた。

そんな様子を、路地の奥にあった天水桶《てんすいおけ》の陰から、一人の子供が見ていた。

この近くの油問屋で奉公を始めたばかりの菊松《きくまつ》という十二の男の子だった。顔には幼さが残っているが、小柄な大人よりも背が高く、なかなか立派な体つきをしている。丁稚《でっち》姿の黒っぽい前掛けが妙に艶々して見えるのは、雨の中に佇んでいる菊松の目が異様に輝いていたからかもしれない。

「こら、菊松。また、こんな所で遊んでいやがったか。早く店に戻らねえか」

手代の宇吉《うきち》が菊松の耳を引っ張った。

「いてて……行くよ、行くよ。放しておくれよ」

「まったく、近頃のガキは目を離すとすぐにこうだ。言うことを聞かねえと、背中にお灸《きゅう》をすえてやるからな。覚悟しとけ」

そのまま手代に引っ張られて、路地を抜けて店に戻る途中、先程の〝傘かしげ〟をした女が通りに佇み、路地の方を見ているのを、菊松は目にした。

「――さっきの女だ」

女の島田髷《しまだまげ》には随分と白いものが混じっており、初老に近かった。菊松はじっとその女の顔を見やっていたが、相手は気づかないでいた。

「さっさと来んか、こら」

菊松は店に引きずられるようにして帰って来た。

『粗末屋《そまつや》』という菊松が奉公している油問屋は、ここ北本所表《おもて》町の表通りに面していた。屋号のとおりの〝粗末〟な店ではなく、なかなか立派な店構えで、仕事も丁寧だと評判である。どんなにいい油を出しても、

「お粗末様でした」

と言う腰の低い主人が、日本橋の大店から独り立ちしたときに、この名をつけたのだ。だが、腰が低いのは客に対してであって、奉公人には鬼のように厳しく、二言目には、

「嫌なら、辞めてしまえ。国許でも何処でも帰りなさい。我慢、辛抱が出来ない者

に、油を売ることなんぞできません」

と叱りとばしていた。

油を売るとは、女に髪油を売り歩いている者が話し込んで、無駄に時を過ごす意味だが、他にも、油を絞るとか、油をさすとか、あまりいい譬えには使われない。だからこそ、襟を正して油を扱っていたのである。

この日も、近所の武家屋敷に油を届けに行っただけの帰りに道草とは呆れた、とばかりに主人朔兵衛《さくべえ》の小言が始まった。

「菊松や。そんな小さな時から、楽をしようと考えてはだめだ。自らしんどいことをしようとする者だけが一人前になれる。いいね」

「は、はい……」

「おまえも色々な目に遭って、可哀想な身の上だってことは私も重々承知している。だからといって甘やかしたのでは、おまえのためにならない」

「分かってます、旦那様」

「だったら、番頭さんや手代らの言うことを聞いて精進するのです。よいですね」

何度も頷いた菊松は、すっかり反省した顔をしていたが、主人の小言から解き放たれると、わずかに瞳の奥が燦めいた。

先程の初老の女の顔を鮮やかに思い出していたのである。

富ケ岡八幡宮の裏手にある乾聖四郎の長屋に、坂巻《さかまき》と名乗る松平定信の用人が来たのは、その日の宵の口だった。

またぞろ面倒を持ち込まれたと勘ぐった聖四郎は、

「すぐに屋敷まで出向けと言われても、こっちにも都合がある」

と素気《そっけ》なく断った。すると坂巻は懐に隠していた封書を取り出して手渡し、

「ご覧下さい。これを読んでも同伴下さらないならば、改めて御公儀から正式に使いを立てることに相成ります」

「脅すのかい？」

「とんでもございませぬ。その文をお読み下されば分かると殿が……」

聖四郎は面倒臭そうに封書を開いて文字を追った。いつもながらの達筆だ。すらすらと読めたのはいいが、書かれていることにはいささか疑念が生じた。

「ほう。この俺をまた密偵代わりに使いたいとでも言うのかな」

「私には分かりかねます」

「ここには、御公儀の一大事。俺にも関わることだと書き記されているが、こうい

う勿体《もったい》つけた言い草《ぐさ》が俺は一番嫌いなんだ」

「殿は是非にとおっしゃっております」

「ふん……」

しばらく聖四郎は考えていたが、

「悪いが断る。公儀から正式に迎えに来るというのなら、そう願いたいね」

「聖四郎殿……」

「くどい。今日も俺の料理を待っている客がいるのでな」

坂巻は仕方がないというふうに深々と一礼すると、立ち去った。

長屋の木戸口に向かうのをさりげなく見送っていたところ、聖四郎の目に、闇の中に蠢くものが入った。何か分からぬが、妙に引っかかったので、後を追って駆け寄ったが、坂巻には何事もなく、そのまま表通りに歩いて行った。

「……たしかに、誰かいたように見えたのだがな」

この不安は今に始まったことではなかった。この数日、ずっと誰かに見張られている気がしていたからだ。気のせいだろうと思っていたが、その矢先に松平定信からのお呼び出しだ。

「——やはり身の周りで何か起こったと考えた方がよさそうだな」

聖四郎が胸の中で呟いて踵を返すと、久美花が駆け込んで来た。

「何をしてるんですか、師匠。『花月《かげつ》』のお客さんたち、もう集まって来てますよ」

近くの小料理屋のことである。板前が風邪で寝込んでしまったからと急遽入った仕事だった。前々から、町内のご老人の古希《こき》の祝宴をする予定だったのだ。近所のよしみで聖四郎が代理を務めると言うと、「店の板前よりありがたい」と盛り上がっていた。

江戸の人たちに喜んで貰うのは、かくもありがたいことであると、聖四郎は感謝の思いでいっぱいだった。

「下拵《したごしら》えは万端だ。今夜も忙しくなりそうだな」

聖四郎は朝から仕入れていた魚介類や茸、青菜などや食器や鍋などをごっそり大八車に積んで、よいしょと引いた。

二

向島《むこうじま》は三囲稲荷《みめぐりいなり》の裏手に広がる田畑の中に、こんもりと小さな森があって、その片隅に瀟洒《しょうしゃ》な庵《いおり》があった。三囲とは、白い狐が神様のまわりを三度回ったからついた名だという。

その庵の唐竹で編んだ門には、『百合堂《ゆりどう》』という表札が掲げられていた。

百合というのは、庵の主の名である。

まだ四十半ばだが、隠居暮らしという感じで、近在の若い娘たちを集めては、茶、生け花、作法、楽曲などを教えながら、楽しい日々を過ごしていた。さほどに教養と知性があって、老若男女問わず、慕われていた。

それもそのはずだ。一人暮らしの老人を訪ねては話し相手になり、掃除や飯炊きの手伝いはする、貧しい病人を見かけると自腹を切ってでも町医者を呼んで来る。はたまた水害や火事などで行き場を失った人には、狭いけれども庵を開放したり、近くの寺社に話をつけて雨露をしのがせてやる。

「人はみんな仏様の化身。そう思えば有り難い。親切にしたくなるのは当たり前」

という気持ちらしいが、言葉だけではなく実践するのは、なかなかできないものだ。百合のことをよく知る人々は、観音様が生きて現れたと口々に言っていた。といっても、拝み上げるような雰囲気ではなく、

――花咲か母さん。

そう親しみを込めて呼んでいた。

今日も嫁入り前の娘たちを数人集めて、家事のことや殿方との夜の過ごし方まで、面白おかしく〝教授〟してから、その後は茶事で楽しく過ごした。側に下働きの娘を一人だけ置いて、毎日を朗《ほが》らかに送っている。

そんな夕暮れのことだった。

隅田川からの川風に乗って、「こんにちは」と幼い声が聞こえた。

縁側に座っていた百合が表門の方を振り向くと、すらりと体格のよい子供が立っていた。菊松だった。

「こんにちは」

体の大きさに似合わず、幼い面立ちをしていると、百合は思った。一見して、どこぞの丁稚と分かったので、にこりと微笑み返して、

「どうぞ、お入ンなさい」

百合の手招きに応じて、秋の草花が広がっている中庭をゆっくりと近づいて来た。

「——お、お願いがあります」

菊松は挨拶もろくにしないで、いきなり頼み事があると申し出た。ここで修業をしたいというのだ。

「修業……？」

「はい。おら、どうしても、その……一人前の男になりたいんです」

「あらあら。何の修業か知らないけれど、初めて会ったのですから、名前くらいはちゃんと言わないとね」

「初めてではありません」

「え？」

と百合が澄んだ目で見つめると、

「あ、いえ。おら……いえ、私は、北本所表町の油問屋『粗末屋』の菊松と申します。縁あって世話になって、まだ一年にもなっておりません」

「しっかり言えましたね」

百合はまさに観音様のように微笑みかけた。

北本所表町なら、水戸様のお屋敷の向こう、吾妻《あづま》橋の東詰から三町ばかり南に下がった所である。さほど遠くはないが、まだ年端《としは》もいかない丁稚が、まもなく日暮れの刻限に訪ねて来るのは妙だった。

『粗末屋』なら、百合も知っている。いつも使っているわけではないが、遅くまで店が開いているので、たまに量《はか》り売りして貰っている。大きな問屋だから、商売人相手が本道なのだろうが、本所という土地柄もあろう、気さくに小売りもしてくれた。

「その丁稚さんがどうしたの？　お店から何か言付《ことづ》かって来たのかしら？」

「そ、そうではありません。ですから、で、弟子にして貰いたいんです」

「弟子って……あなたは今、『粗末屋』に奉公していると言ったばかりではありませんか。それとも、お店の勤めが辛くて辞めたいの？」

あまりにも菊松が悲痛な顔をしているので、百合は気持ちを察してみたが、どうやらそうでもない様子だった。だが、切羽詰まった態度のままで、

「ですから……弟子に……」

「困りましたね。男なら、お父さんに躾《しつ》けて貰えばいいし、店の御主人や番頭さんに頼んだ方がよいのでは？」

「おっとうもおっかあも死んだよ。だから、奉公に出されたンだ」

「そうだったの。悪いことを訊いたわね。ごめんなさいね……」

「死んだ……いや、殺されたンだ。だから……だから、お願いだ。ある人を……こ、殺して下さい」

百合は聞き返すこともできないくらい唖然となった。

「どういうこと？」

「惚けなくてもいいんです。おら……いや、私は見たんです。おばさんが、昨日、うちの近くの路地で、人を殺すのを」

「……」

「後で、分かったことですが、その殺された人とは、勘定吟味役の山川徳馬《やまかわとくま》という御方とか……主人が言ってました……この方も、何度か店でお見かけしたこともあります」

「あなた……」

「誰にも言いません。ですから、お願いです。聞き届けて下さい」

菊松は昨日、見たままのことを丁寧に話した。路地ですれ違った、百合が傘を傾けた瞬間、通りがかりのお侍の鳩尾あたりに短刀を突き入れて、涼しい顔で立ち去ったことを。

「私はたしかに、昨日、あなたの店の近くは通りましたが、殺しなんて……」

鼻で笑った百合だが、菊松の思い詰めた顔を見ていると、

――この子は、真面目に話しているのかもしれない。

と思わざるを得なかった。この子は体こそ大きいが、まだ心の中は未成熟で、事実と虚構の区別がつかないのかもしれない。だとすれば、百合得意のおふざけで煙《けむ》

に巻いて、店に帰らせるしかないと考えた。

「そんなに言うなら、請け負ってあげてもいいわよ」

「ほ、本当に⁉」

菊松の目がきらりと輝いた。

「でも、高いわよ。こういう闇の仕事は、百両が相場なの。あなたには無理ね」

「だろうと思ってました。だから、弟子にしてくれって初めから頼んでるじゃないですか。おらは、どうでも、おっとうとおっかあ……そして、姉ちゃんを殺した奴に仇討《あだう》ちをしてえんだッ」

縁側に乗り上がらんばかりの勢いで詰め寄ってくる菊松は、近づかれると益々、大柄に感じた。背丈では菊松の方が高いかもしれない。

無下《むげ》に突き放すと、何をしでかすか分からない顔をしていた。百合はじっと睨むように見据えてから、

「本当に……仇討ちをしたいの？　二親《ふたおや》の敵討《かたきう》ちを」

「うん」

「どうしても？」

「――どうしても」

「だったら、今日のところは帰りなさい」

と百合は真面目な顔になって、

「それほどの性根があるのなら、ほら、暗くなった夜道でも、一人で帰ることくらいできるわよねえ」

その言い草がゾクッとするほど冷ややかだったので、菊松は緊張して背筋を伸ばし、思わず目を逸らした。

「いいわね。何があっても我慢するの。今から帰って、御主人に叱られてもね。そういうことに堪えられたなら、弟子にしてもいい。あなたの手助けをしてもいい」

「は、はい……」

「じゃ、行きなさい」

菊松はおどおどと百合を見ていたが、踵を返すと表門に向かって駆け出した。

ふうっと溜息をついた百合に、控えの間から見ていた下働きの娘が声をかけた。おさえという十六の町娘である。

「百合様……いいのですか、あんなことを言って。お上に知れたりしたら、それこそ大変なことになりますよ」

「そうね……」

「まるで、他人事みたいに」

「それより、あの子の後を尾けて行ってみなさい。ちゃんと店に帰れるか」

「はい、はい」

「返事はひとつでしょ？」

おさえは舌先を出して目尻を下げると、すみませんと謝って履物に足を伸ばし、身軽に追いかけた。

三

その翌日の昼下がり。

聖四郎がぶらりと『百合堂』を訪ねて来た。今朝、作ったばかりの総菜をぎっしりと詰めた重箱を持っている。

「あら、これは聖四郎さん。珍しいことでございますね」

と庭先の掃き掃除をしていた百合の方が先に気づいて、頭に被っていた手拭いを取ると襟元などを直して、丁寧に頭を下げた。

「おひさしゅうございます」

「よして下さい、母上」

「おやおや。まだ、母上などと……人様が聞けば本当だと思うではありませんか」

「本当ではありませんか。もっとも、こんなむさ苦しい息子では、まだまだお若い百合殿からすれば気持ち悪いでしょうが」

「とんでもございません。江戸に来た時に一別《いちべつ》して以来ですが、見違えるようでございます。近頃はめっきり名のある庖丁人になってしまって、引っ張り凧《だこ》でございますね」

「母上こそ、色々と人様に親切を施していること、時々、この目でも拝見しております」

「え？」

「時々、こっそりね、見に来ていたのです」

「まあ……」

聖四郎が母上と呼ぶには訳があった。聖四郎の生みの母親は産後の肥立ちが悪く、息子を世に送り出してから、すぐに亡くなってしまった。そう聞いている。

赤ん坊の聖四郎を預かった乳母が、百合だったのだ。

とはいえ、当時、まだ十六だった百合は、大奥の女中として城中にいたのだが、松平定信の差配によって選ばれ、市井にて聖四郎を育てたのである。

百合はいわば前《さき》の将軍家治《いえはる》のお手付きであった。一度は身ごもったもののその子どもは死産している。それゆえ、折良く、生まれたばかりの聖四郎をあてがわれたのであった。

当時、聖四郎の父、乾阿舟は、従兄弟にあたる将軍家料理人の四条兼祢良と熾烈《しれつ》な争いをしていた最中だった。阿舟は兼祢良と袂《たもと》を分かち、備前池田《びぜんいけだ》家に招かれて宝楽流料理を完成させるのだが、赤子を連れ歩くわけにはいかず、聖四郎は物心がつくまで百合の世話になっていたのだ。

もちろん、当時は牛込見附《うしごめみつけ》門外の武家地の屋敷にて、百合は聖四郎を育てていた。父親が乾家を創ったとはいえ、足利《あしかが》の世より続く名門の庖丁人一族をないがしろにはできないからである。

だが、四歳の頃にはもう阿舟に引き取られ、岡山《おかやま》藩城下に行って、父親のもとで厳しい庖丁道の修業をさせられるようになってからは、百合と過ごした日々がしだいに遠くなっていく気がした。それでも聖四郎は心の奥で忘れることはなかった。

「で、今日はどのような用件で？」

「用件がなければ来てはいけませんか」

聖四郎は微笑みながら、縁側に重箱を広げた。まるで芝居見物にでも来たときのような料理である。山芋に牛蒡《ごぼう》、それに豆腐とこんにゃくの煮染《にし》め、あさりと葱《ねぎ》の和え物、瓜や大根の漬け物に鯛の焼いたもの。それに俵形のおにぎりがぎっしりと詰まっていた。

「まあ、おいしそう。私一人ではとてもじゃないけれど……」

「近在の娘さんたちが来るのでしょ？　昼餉にどうです」

「きっと大喜びだと思いますよ。天下の乾聖四郎が作ってくれたのだから。でも、あなたを見たら、みんな騒ぎ出すかもしれないから、早く姿を消した方がいいかもね」

「そんなことはありませんよ」

「いえいえ、近頃の若い娘は、そりゃ、物凄いンですから。私が十六の頃とは大違い。うふふ。怖い怖い」

聖四郎が来てくれただけで、心が浮き浮きしているのは百合自身だった。しかし、箸を料理に伸ばした百合の表情が、微かに曇った。

「でも……やはり、何かあったのでしょ？」

「いや、そういう訳ではありません」

「隠してもダメですよ。あなたは、こんな小さな頃から、隠し事をすると口元をこう上げるンです。きゅっとね」

百合はその仕草を真似てみた。

「そうでしたかな」

「ええ。私に内緒で干し柿を取って食べたり、余所の家の木から蜜柑《みかん》をもいだりしてね……三つ子の魂百まで、ですね。ふふ、そう言えば、小さな時から、食べることばっかりに夢中だったような」

「参ったな、こりゃ」

「……もしかして、松平様から何か報せが来たのではありませんか？」

とさりげなく言ってから、百合の目が真面目な色を帯びた。えっと驚く聖四郎の顔を見て、百合は小さく頷いて、

「やはりね……私にも使いが来ました」

「何の用なのでしょうな」

「さあ。でも、私はもう千代田《ちよだ》の御城を出てから、かれこれ三十年。しばらくの間は、松平様を通して、御公儀から禄《ろく》を戴いておりましたが、今更関わりとうもございません」

「私も同じです……かといって、このまま知らぬ顔をしていて、ほっといてくれる松平定信様でもありますまい」

何か嫌な予感がすると聖四郎は話したが、百合は別な意味で、

――よくないことが起きる。

ような気がして仕方がなかった。それが何か、百合には想像ができていたが、三十年の間、じっと黙っていた秘密である。墓場まで持っていくつもりであった。

聖四郎が重箱から、煮染めや焼き魚を取り分けようとしたとき、ふいに漂った不穏な雰囲気に手を止めた。

人の気配がする。振り返ると、借景になっている竹藪が、風もないのにバサバサと揺れた。猪《いのしし》でも駆け抜けたかのような速さと強さだった。

百合が少し怖がった顔で見やるので、聖四郎はすっと縁側から腰を上げると、編笠を被った数人の侍が竹藪を走り去る姿が見えた。

とっさに追いかけた聖四郎は、

「待て。何奴だ。用があるなら、表から訪ねて参れ」

そう声をかけた次の瞬間、ビュンと音がして矢が飛来した。

「うわッ」

と必死に仰け反ったが、危うく眉間に食らうところであった。油断していた訳ではないが、あまりの不意打ちに、さしもの聖四郎も驚愕した。

「貴様ら！　何故、こんな真似をする」

声をかけたが返事はない。その代わり、竹藪の中で、ギリギリと弓の弦を引く音がした。聖四郎は素早く身をかがめると、腰の名刀一文字の鯉口《こいぐち》を切りながら、あえて矢が飛来して来るであろう方へ駆け出した。

途端に、ビュンと空を切り裂く音がして、矢が飛んで来た。今度は、鏃《やじり》の先までが見えるような気がした。敵の懐に飛び込むのは、的を絞らせるためである。一本目の放矢《ほうし》の腕前から見て、次は必ず心の臓を狙って来るに違いないと読んだのだ。頭を射るよりも確実性が高いからである。

聖四郎はわずか半身だけずらして、そのまま竹藪に踏み込んだ。

同時に、四方から、侍たちが踏み込んできた。いずれも袴を穿いており、いつでも戦えるよう脚絆《きゃはん》で履物が脱げないようにし、袖からチラリと見えた腕で鎖帷子《くさりかたびら》を身につけているのが窺えた。

瞬時に判断した聖四郎は、敵の膝頭と手首だけを刀の切っ先で鋭く斬り裂いた。二の太刀、三の太刀を振り下ろしてくる威力を目の当たりにして、

——なかなかの手練ればかりだ。

戦闘意欲を削ぐだけでは引き下がらぬ相手のようだと感じた聖四郎は、頭目格とおぼしき侍の向こう臑《ずね》をビシリと切り裂いた。鮮血が飛び散ると同時に、まさに竹のようにスパッと臑が割れた。

「うぎゃあ！」

悲鳴を上げて倒れたのを見て、他の者たちも聖四郎の腕前に驚いたのか、

「引け……引けい！」

と叫びながら、足を斬られた男を抱えて逃げ出した。

聖四郎は後を追おうとしたが、その隙に、百合が狙われるやもしれぬ、そう察して庵に駆け戻った。

「一体何があったのです、聖四郎さん」

「分かりません。ですが、奴らは本気で殺しにかかってきました……やはり、松平様の屋敷に行って匿《かくま》って貰った方がよいかもしれませぬな」

「聖四郎さん……」

そのとき、裏手の藪がまたガサガサと動いた。聖四郎が鋭く振り返ると、そこにいたのは、菊松だった。

「これ、あなた……」

百合が困惑した顔になって近づこうとすると、菊松は何故か嬉しそうに笑って、

「やっぱり思ったとおりだ。おばさん、只者じゃねえや」

「お店を抜け出して来たのね」

「決めた。おら、キッパリと決めたぜ。おばさん、やっぱ、あんたの弟子になる」

駆け寄って来る菊松の後ろ襟を掴んで、

「なんなんだ、おまえは」

と聖四郎が訊くと、

「あんたも仲間か。なかなかの凄腕じゃねえか。あんな強そうな侍をバッタバッタと」

菊松は実に楽しそうにはしゃいだが、百合はほとほと困ってしまった。

菊松は、薪《まき》割りでも、拭き掃除でも何でもやると言って頼み込んできた。

百合から簡単に事情を聞いた聖四郎は、追い返そうとしたが、益々、粘る菊松だった。あくまでも帰れと言う聖四郎に、まだ子供だからか、駄々をこねるように叫んで、

「そうかい。おばさん、昨日の話と違うじゃねえか。体《てい》よく、追い返しただけかよ。

こうなったら、弟子なんかにしてくれなくていい。おらは、奴をぶっ殺して、おらも死ぬ！」

やけくそになって駆け出そうとするのを、聖四郎が足払いをして倒して、いい加減にしないと痛い目を見るぞと脅すと、

「およしなさい、聖四郎さん……」

と百合は軽く諫《いさ》めてから、

「あんた、菊松とか言ったたねえ。そこまで言うなら弟子にしてあげます。けれど、ちょっとでも音を上げたら……あんたが殺されることになるかもしれない。それでも、いいんですね」

俄に鋭い目つきになった百合に、ぞくっと身震いした菊松だが、背筋を伸ばして大きな声でハイと答えた。

「母上……」

聖四郎は心配そうに何か語りかけようとしたが、百合は無言のまま微笑を浮かべて、任せなさいとでも言うように頷いた。

四

――一体、何故、誰が襲って来たのか。

聖四郎は己のことはともかく、百合に何かあってはならないと、北町奉行所の本所廻り同心の近藤に見廻りを頼んで、松平定信の屋敷を訪ねた。不安を抱えたまま時を過ごしてはいられない状態だと感じたからだ。

相変わらずだだっ広い回遊式の庭園には、美しく刈り込まれた松の木が、まるで絵のように美しく立ち並んでいる。石橋が半円形に架かっている池では、時々、ポチャンと跳ねる鮮やかな色の鯉の姿が見られた。

何処からともなくイナゴが飛んで来ている。稲子とも書くくらい稲を食い荒らすというイナゴが、今年は多いらしい。これはまた不吉な出来事の前兆でもあるのだろうか。

「ようやく来てくれたな、聖四郎」

奥座敷から出て来た松平定信は、いつものように泰然《たいぜん》自若《じじゃく》と構えて、上座に座った。

八代将軍吉宗《よしむね》の孫だが、かつて田沼意次《たぬまおきつぐ》と一橋治済の奸計によって奥州白河《しらかわ》藩主にされ、将軍の座に就くことができなかった御仁だ。が、今は筆頭老中として、治済の息子である将軍家斉《いえなり》を補弼《ほひつ》している。実質の幕政は定信が握っているといってよかった。

「初めから、すんなり訪ねて来てくれればよかったものを」

「意見を言いに来た。イナゴとともにな」

聖四郎が険しい目を向けると、定信は庭で羽音を立てて飛んでいるイナゴを見やり、顰めっ面になった。虫の類が嫌いだったのだ。こおろぎや鈴虫の鳴き声など、聞いているだけで嘔吐《へど》が出そうだという。

「そうですか？　イナゴなど、私には実においしそうに見えますがな。滋養によいので、信州など色々な所で、炒《い》ったり、付け焼きにして食べる風習がありますがな」

「食いとうもない」

「こっちも、食われとうもない」

「む？」

「乳母……百合殿が何者かに狙われている節がありました。いや、もしかしたら俺が狙われたのやも。定信様に、覚えはありませぬか」

「何の話だ」

百合の庵であったことを、聖四郎は話したが、定信は驚いたような意外な目を向けて、何度も、知らぬと首を振った。

「そうですか。ならば、それを信じて、お話を聞きましょうか」

「本当に知らぬのだ。襲われたのはまことか」

「嘘をついてなんとします」

「……そうか」

やはり思い当たる節があるのだろう。定信はイナゴが口の中にでも飛び込んだかのように、苦々しい顔になって、「それが事実ならば由々しきことじゃ。儂の手の者に探らせて、屹度《きっと》、始末をつけてやろう」

「俺は自分に降りかかる火の粉くらい払えるから結構。だが、百合殿は女の独り身ゆえ、どうかお守り下さい」

「承知した。その乳母のことだがな……」

定信は意味ありげに声を落として、「おぬしに何か話してはおらなんだか」

「何かとは」

「そうか……話しておらぬか」

「あなたはいつもそうだ。勿体つけてばかりで肝心なことを語ろうとしない。それは政事を預かる者の護身のひとつなのですかな？　下手なことを言って、己が責められぬようにという」

聖四郎の言い分をじっと聞いていた定信だが、傍らの煙草盆を引き寄せて、煙管《キセル》に火をつけながら、

「では、私の口から話そう」

と言って、ゆっくり煙を吸い込んだ。

「聖四郎……おぬし、家斉公の影武者になってはくれぬか」

「!?……」

余りにも唐突なことに、聖四郎は咳《せ》き込みそうになった。煙草を吸わないから、定信の吐き出した煙が、喉をいがらっぽくしたせいかもしれなかった。

「俺が、上様の影武者……これまた面妖な話ですな」

「そうか？」

「ではないですか。何故に」

「儂には少しも不思議な話とは思えぬがな。なぜならば……おまえも薄々、感じて

おったであろう。あの折……」

「あの折？」

「いつぞや、江戸城白書院にて、上様の御前で、四条兼祢良と『御膳試合』をしたであろう。あの時の老中、若年寄連中の顔を覚えておるか」

「いえ……」

「おまえのその容姿……上様にそっくりであったからこそ、みな驚いたのだ。上様御自身もな」

聖四郎にとっては思い出したくもないことだった。あれは定信も一緒になって、一橋治済と仕組んだことではなかったか。四条兼祢良と結託して、将軍家料理人の威信にかけて、備前宝楽流を潰してしまいたいという……。

勝ったのは聖四郎だった。将軍家斉もそれを認めた。

しかし、四条家の体面は保たれ、乾家が成り代わって将軍家料理人になることもなかった。もっとも、聖四郎はそのようなことはまったく望んでいなかった。気儘《きまま》に、野にあって、純粋に素朴に料理を楽しむ人々の所へ行き、自分の目の届く範囲で旨い物を作る。それが庖丁人としての生き甲斐だった。ましてや、料理を政争の具にされることは、断じて受け入れられることではなかった。

「そうは言っても聖四郎……」

定信はまるで人の心の中を見抜いたかのように、

「おまえはもう……いや、生まれながらにして、政事の真ん中におるのだ。それが、いつ何時、その身に重くのしかかるかどうかだけが、儂の……そして、徳川家の気がかりだったのじゃ」

「言っている意味がよく分かりませぬが」

「では、話そう」

と定信は煙管をポンと灰吹《はいふき》の縁に叩きつけた。

「上様……家斉公は前々からのことだが、大奥に入り浸りでな、御政道にはまったく関心を示さぬ。ま、それだけならば、儂としては好都合なのだが、勘気《かんき》と陽気を繰り返されてな。ご様子が尋常でない」

「おかしくなったというのですか」

「心の病かもしれぬが、主治医とて、そこまでは分からぬ。仮に御様子芳《かんば》しからぬことがあっても、大奥に入ったままならばよろしいのじゃが、気まぐれに閣議の間に出向いて来ては、めちゃくちゃなことを命じなさることもあった」

「上様なのですから、家臣に命じるのは当たり前ではないのですかな？　将軍を御《み》輿《こし》としか見ていない方が如何かと存ずるが」

「まあ聞け」

定信は為政者らしい凛然《りんぜん》とした目を向けたまま、

「このままでは、幕閣たちの士気にも関わってくるし、諸藩に妙な伝聞が広がっても困る。そこでじゃ……上様には西の丸に引っ込んで貰い、代わりに、おぬしに将軍家斉として鎮座して貰いたいのだ」

「ばかな……」

「いや、ばかげた話ではない。今は詳細は言えぬが、おぬしが影武者になるならば、御三家《ごさんけ》、御三卿《ごさんきょう》は納得する」

「なんだと⁉」

「既に根回しは、儂がしておる。さすれば、おぬしはただの御輿ではなく……己が思うがままに政事を動かしてもよいのだぞ」

と定信は、意味ありげな微笑を湛えながら、聖四郎に近寄って頭を下げた。

「頼む、この通りだ。このままでは、徳川家が崩壊しかねぬ。おぬしの力が必要なのだ。聖四郎、分かってくれ」

思慮を巡らした聖四郎には、まだ何か裏に狙いがあるとしか考えられなかった。

素直に頷けば、自分が最も忌み嫌っている権力闘争の真《ま》っ直中《ただなか》に引きずり込まれることになる。そもそも、聖四郎が何故、影武者にならねばならぬのか、それが腑《ふ》に落ちぬ。

「似てるからという訳だけで、俺を選ぶのは如何なことか」

「訳はそれだけではない。だからこそ、御三家、御三卿が得心したのだ」

「ならば、その訳を聞こう。得心したという訳を」

「それは……」

定信は言葉を濁して、庭に目をやった。さっきよりもイナゴが増えている。

「それは聖四郎……おまえの生まれながらにしての運命《さだめ》じゃ」

「理由になっておらぬ」

「聡明で、情けがあり、判断力にすぐれ、剣術の腕前もある。そのおぬしを、一介の庖丁人として生涯を過ごさせるのは勿体ない」

「………」

「儂は、おまえの父親とも約束をしていたのだ。万が一、徳川家危難の折は、助けてくれということをな」

「俺は親父ではない。それに……」

「それに？」

「政事にはまったく気がいかぬ。これ以上の話は無用でしょう。御免」

と聖四郎は立ち上がった。意地になったように口を一文字に閉じると廊下に出て、背中に何度、定信の声がかかっても、振り返りもせずに立ち去った。

「ふむ……意固地なのは、一体、誰に似たのかのう……」

定信は傍らにあった鈴を鳴らした。

すぐさま、側役の坂巻がやって来て、控えた。

「よいな。手の者を集めて、聖四郎を守るのだ。『百合堂』で襲ったのは、おそらく上様の手の者であろう。また襲うやもしれぬからな、指一本、聖四郎に触れさせるでない」

「ハハッ」

立ち去る坂巻を見送る定信の目には、新たな決意が表れていた。

五

殺された勘定吟味役・山川徳馬の屋敷は、溜池《ためいけ》にあった。溜池は、赤坂御門《あかさかごもん》から山王台《さんのうだい》の麓《ふもと》をめぐって虎ノ門《とらのもん》に続く大きな池であり、玉川上水ができるまでは、江戸の用水として使われていた。

夏の名残のように、蓮《はす》の花が開いている。

屋敷は池を見回せる所にポツンとあり、隣家からは少し離れていた。この屋敷を拝領したのは、山川が近江《おうみ》出身で、庭からの眺めが琵琶《びわ》湖を思い出すからだったという。

丁度、池を見渡せる前庭越しに、屋敷の一角を覗き見ることができた。

「ほら、ご覧なさい」

百合は傍らに添わせている菊松の背中を押しやって、座敷でひれ伏すように泣いている一家の姿を見せた。

山川の妻らしき女と子供が五人。そして、母親であろう、かなり高齢の老婆が嗚咽していた。端で聞いていても悲しくなるような忍び泣きだった。

菊松は思わず目を逸らした。

「ほら、ご覧なさい。ちゃんと目を開いて見なさい。あれが、私が殺した人です」

と百合は言った。もちろん、嘘である。どうしても、殺し屋になりたい、そして、人知れず、親姉弟の敵を討ちたいと妄想している菊松に、〝毒気〟のある仕打ちをして、諦めさせようという魂胆である。

『粗末屋』の主人には、百合が自ら、きちんと事情を話して預からせて貰った。主人は菊松を呼んで叱りつけようとしたが、百合は自分の責任で、必ず店に戻るようし向けるからと切に頼んだのだ。

向島の『百合堂』の女主《おんなあるじ》の評判は、『粗末屋』の主人もよく知っている。何か深い考えがあってのことだろうと任せることにしたのである。菊松が納得して、丁稚奉公に精進するのならばと、預けたのだった。

「菊松。目を背けず、ちゃんと見なさい」

葬儀が済んでも尚、夫を失った悲しみ、親を失った悲しみが消えず、これから先、どうすればよいのか途方に暮れている一家の姿を目の当たりにして、菊松はすっかりしょぼくれたのであった。

「ダメですね。こんなことくらいで情けを見せるようでは、とてもじゃないけれど、あなたには人を殺《あや》めるようなことはできません。店に戻った方がいいわね」

「違う、違うよ……」

菊松は必死に首を振りながら、「情けをかけたんじゃない。おらのおっとうとおっかあのことを思い出しただけだい」

「それも、あなたが持っている人の情けってものよ。辛かったでしょうね」

「辛いってもんじゃなかったよ」

と菊松は股の前で拳をぎゅっと握り締めて、懸命に涙を我慢していた。

菊松の父親は小石川戸崎町《こいしかわとさきまち》で、小さな油屋をしていた。母親と二人だけの小商いだったが、地道に真面目にやっていたので、日々の暮らしには困らなかった。

ところが、日本橋で一、二といわれる両替商『恵比寿屋《えびすや》』から、半ば無理矢理、米手形を買わされたのが原因で、結局、借金だけが残った。その米手形は、いずれ値上がりするという触れ込みで、『恵比寿屋』のみならず、両替商がこぞって売り出したものだった。

「米手形……」

おそらく子供の菊松にはよく分からないだろうが、百合には思い当たる節があった。

幕府が旗本や御家人を救済するために、決済代わりに使った米手形を、高値で買い取る。その代わりに集めた米手形は、幕府が保証することによって、今でいう国債のように〝金融商品〟として売りに出された。

その仲介をしたのが両替商なのだが、米手形を摑まされた商人の中には、それが紙くず同然になるや、商いが出来なくなって逃亡を図る者も続出した。

酷いのになると心中沙汰にまでなった。その人たちは、両替商から借金をさせられてまで、米手形を買わされたのである。すべては、幕府と両替商が結託して、大した値打ちのない米手形を底上げして、旗本や御家人の窮状を助けるための苦肉の策だったのだ。その犠牲になったのは、何も知らない町人だったというわけだ。

「難しいことは、おら、分からねえ。でも、あいつさえ、『恵比寿屋』さえいなきゃ、おらのおっとうとおっかあ、姉ちゃんも死ぬことはなかった。『恵比寿屋』さえいなけりゃ、世の中は明るくなるんだ」

と菊松は必死に訴えた。そして、自分が大人になったときには、正直者がバカを見るのではない、綺麗な世の中にする。そのためには、まず『恵比寿屋』を殺すのが正しいことだと思い込んでいた。子供ならではの正義感かもしれないが、それは誤った考えだと諭したところで、納得しないであろう。

百合は遠い昔、聖四郎も同じように、悪い奴を懲《こ》らしめると躍起になっていたことを思い出していた。その時に、少しばかり荒療治をしたことがある。今度も似たようなことをするまでだ。

「そこまで言うのなら菊松……地獄を見るまで私につきあいますか？」

「地獄……」

「そうです。人を殺すということは、自分が地獄に堕ちることに他ならないんですよ。あなたももう十二歳だから分かるでしょ」

「分かる。おら、悪い奴をやっつけるためなら、地獄に堕ちてもいい」

その意気込みに頷いて、百合が次に連れて行ったのは、浅草橋にある居酒屋だった。

真っ昼間だというのに、働きもしないで、酒を飲んでクダを巻いている者たちばかりが集まっている店で、女子供が近づく所ではなかった。

「あの片隅にいる男……分かる？」

と百合は一人の遊び人を指した。居酒屋の一角で、塩辛を肴《さかな》にちびりちびりと杯を傾けている。赤い顔で、だらしなく肘をついている中年男だ。

「これを、あの男に盛ってきなさい」

百合は菊松に、毒の入った袋を渡した。

「子供のあんたなら、疑われない。私が気を引いている間に、徳利の中に、ね」

「ど、毒……」

「これが一番、簡単な方法。しかも、バレにくいし、力が弱い者でも強い者に確実に勝てるからですよ」

「……」

「卑怯だと思うなら、やめなさい。こんなことができないくらいなら、初めから私の所になんか来るんじゃありません」

「でも、どうして」

「あの男を殺るって？　そりゃ、あいつが『恵比寿屋』に雇われて、色々な人に借金の取り立てに行っては苦しめてるからよ」

「本当に？」

「さ、行くわよ」

と決然と言うなり、百合は中年男に近づくと、

「お兄さん。表で、あなたのことを呼んでる人がいますよ」

「なんだ？」

「私は頼まれただけなんです。では……」

一礼して、百合が店から出て行くと、中年男は面倒臭そうに腰を上げて店の外に向かった。その隙に菊松は中年男の徳利に近づき、薬袋を広げて白い粉末を流し込もうとした。だが、手が震えて、なかなかうまくいかない。

振り返ると、二人連れの駕籠《か ご》舁《か》き風の男たちが、不思議そうな顔で見ている。ドキッとなった菊松だが、手元を隠すようにして粉を入れると、すぐさま奥の厨房へ行って、裏口から逃げた。

入れ替わりに戻って来た中年男は、

「誰もいねえじゃねえか」

とぶつぶつ文句を言いながら、徳利から酒を杯に注いで、ぐいとあおった。しばらく何事もなく飲んでいたが、うぐっと喉を苦しそうに掻きむしると、藻《も》掻《が》きながら、その場に崩れた。

店の横手の路地から、格子窓越しに見ていた菊松は悲鳴を上げそうになった。その口を押さえた百合は、

「長居は無用。早く行きますよ」

と手を引いて、そそくさと立ち去った。

六

「どんなものです。初仕事の気持ちは」

百合は少し悪戯《いたずら》っぽい目つきになって、菊松に迫った。返事に窮して俯いたままの菊松の顎を指先で上げて、

「そんな顔をしてももう後戻りはできませんよ。既に一人殺したんですからねえ」

と百合は低い声で耳元に囁いた。ぞっとするような響きだった。菊松は、いよいよ本性を現して来たと感じていた。

その菊松の表情には、

――こんなはずではなかった。殺したりしたくなかった。

という後悔の念が浮かんでいるようだった。そうと見抜いた百合は、もう一押しして、

「いいですね。裏切りは御法度ですよ」

もちろん、居酒屋の遊び人も、実は百合が仕込んでいた男だった。毒殺したというのは全くの嘘。菊松に衝撃を与えるための仕掛けだった。酒に混ぜたのは、ただの砂糖だ。そうとは知らない菊松は、顔が青ざめて震えていた。

「さてと……殺したいのは誰だっけ？」

「『恵比寿屋』の主人です」

「そうですか。だったら、敵を知らねば、確実に仕留めることはできませんよ」

百合は菊松の〝本命〟である『恵比寿屋』の主人・儀左衛門《ぎざえもん》を狙うために、日本橋にやって来た。

間違いなく倒すには、標的の行いを克明に探らなくてはいけない。下手に殺せば足がつき、自分が獄門台に送られることになる。それならば、差し違えた方がましだ。しかし、親を死に追いやった悪い奴のために、自分が命を落とすことはない。

——確実にバレずにやる。

ことが、〝裏稼業〟の掟であることを、百合は菊松に篤と教えた。

「いいね。私が、いいって言うまで、ここで『恵比寿屋』を見張ってるンだ。私が、ちょっと探りを入れてくるから。絶対に、動くんじゃないよ」

と菊松を、『恵比寿屋』が見える茶店の縁台に座らせてから、百合は店に向かって行った。

『恵比寿屋』の悪評は百合も前々から聞いてはいた。値上がりするはずもない米手形を借金させてまで買わせるという手口である。しかし、それは両替商の儲けには、さしてならないことであろう。つまり、幕府が旗本や御家人を助けるために手を貸して、何らかの特権を得る密約でもしているに違いないと、百合は思っていた。

両替商に入った百合は、さりげなく『恵比寿屋』の主人を呼ぶように頼んだが、出かけているとのことだった。

「おでかけですか……」

「はい。さようでございますが、お宅はどちら様でございましょうか」

対応に出た番頭の弥兵衛《やへえ》は、卑屈なくらいに腰を折って訊いた。

「いえ、お留守でしたら、また出直します。ちなみに、旦那様はどちらへ？」

と百合が尋ねると、番頭はにこりと笑みを返して、

「さあ。主人は気儘なところがありますので、何処へ行ったか、いつ帰って来るか、はっきりせんのでございます」

「そうですか。それでは失礼します」

百合も丁寧に頭を下げて店から出ようとしたとき、久右衛門が入って来た。町年寄の喜多村家の当主である。

「これは失礼しました」

久右衛門は百合の体を受け止めて支えてから、

「おや。これは珍しいお人と会った」

と旧知に出会ったように懐かしげに手を握った。百合の方も馴染み深い相手と思わぬ所で出会い、

「喜多村様。いつぞやは色々とお世話になりました」

「何をおっしゃる。百合殿、あなたの人様に対する気配りと奉仕の勤め、なかなかできることではありませんよ」

「とんでもございません。喜多村様のご支援があってこそ、できることでございます」

久右衛門は、百合が向島で構えている庵を中心にして、地元の人たちに施しをしていることを以前から承知していて、様々な援助をしていたようだった。

町年寄は町人ではあるが、江戸市民の最上位に位置する特権町人で、今でいえば副都知事のような立場で、町奉行から直々に町政を預かっていた。その配下には、数百人に及ぶ町名主など町役人《ちょうやくにん》がおり、町触れを出す権限が唯一ある町人だった。奉行が直々に出す惣触《そうぶ》れを代行することもあるほどの権威があったのだ。

ゆえに、町場の普請や問屋組合のこと、冥加金のこと、侍との争いごとなど、どんなことにも対処しなければならないので、寸暇《すんか》を惜しんでこなさなければできない激務であった。

今日も腰に刀を差している。代々、帯刀や熨斗目《のしめ》の着用を認められている。もちろん、苗字も許されていた。同じ町年寄の樽屋と奈良屋が〝屋号〟であるのに対して、喜多村家は、町奉行支配のもとに、金座《きんざ》の後藤《ごとう》家や幕府目利所の本阿弥《ほんあみ》家と同じく、苗字を許されており、将軍に対して年賀の「御目見」もできる。帝鑑之間《ていかんのま》の敷居外まで来て、挨拶ができるのだから、まさに特権町人である。

しかも、加賀《かが》の郷士、富樫《とがし》一族の末裔《まつえい》と言われており、元和《げんな》年間の大坂の陣に際しては、徳川家康に貢献し、初代である彦右衛門《ひこえもん》が町年寄に命じられた。そんな立場の町人だから、町場の者たちは、喜多村家の当主だと知れば、まさに下にも置かない。

『恵比寿屋』の番頭は転がるような勢いで、店先まで出てきて、久右衛門を畳の間に上げて、手代らに茶や菓子を急いで出させた。

「百合殿。今日はどのような用件で？」

「いえ、大したことではありません」

まさか冗談でも、子供に〝殺し屋〟の修業をさせているとは言えず、『恵比寿屋』の所行を探っているとも答えられず、曖昧に笑みを浮かべていると、

「お金が入り用なら、こんな両替商で借りることはありませんよ。利子だけでも雪だるまのように膨らみますからな。私のところへいつでも来て下さい」

と店を貶めることを聞こえよがしに言ってから、百合の耳元に囁いた。

「お話があります。後で、伺ってもよろしいか？」

何かあると百合は察したが、笑顔のままで、

「御用のことでしたら、こちらから、お屋敷の方へ参りますが」

「そうですか……でしたら、『澤井《さわい》』ではいかがですかな。久しぶりに夕餉でも」

と言ってから、「帰りは気をつけなされよ。町方の者と岡っ引を付けておきましたが、人気《ひとけ》のない所は決して通らないようにね」

「あ、はい……」

久右衛門は何か異変を承知している口ぶりであった。百合は素直に頷くと、では後ほどと店の表に出て行った。

それを見送っていた久右衛門は、番頭の弥兵衛を振り返って、

「主人の儀左衛門を呼んでおくれ」

「はあ、それが主人は今……」

「惚けずともよろしい。いるのは分かってるのです。さ、奥へ通しなさい」

と久右衛門が厳しく断じると、番頭は渋々承知して、店の二階へ案内した。

儀左衛門は病み上がりのような真っ青な顔で、久右衛門を見るなり、

「申し訳ございません。お届けせねばならぬと思いながら、なかなか……」

賄《まいない》を届けるという意味である。

「誰がそのようなものを求めましたかな？　樽屋や奈良屋はいざ知らず、私にそのようなことしても無駄ですぞ」

「喜多村様……別に私はあなたに差し上げるのではありません。御老中筆頭の松平定信様にお渡しして欲しいと……」

「益々もって断る。その松平様からのお達しじゃ。米手形を扱うことは相ならぬ。問屋組合肝煎《きもいり》のおまえから、江戸の両替商に隈無《くまな》く伝えて下され」

「米手形を……なぜです」

「それによって苦しんでいる町人がいるからです。惚けるのも大概になされよ」

「惚けるなどと……」

と儀左衛門が口元を歪めるのへ、久右衛門はじっと睨みつけたまま、

「あなたが外を出歩かないのは、町人たちから怨みを買っていると承知しているからでございましょう」

「……」

「下手に歩いていると、いつ誰に殺されるかもしれないという不安があるから。違いますか？　事実、あなたのお仲間である山川徳馬さんは、何者かに殺されました

からな。勘定吟味役の」

儀左衛門は久右衛門を睨み返した。

――もしかしたら、こいつの指図か。

と脳裏を掠《かす》めたのである。町年寄は幕府という権力が背後にある。しかし、もっと恐ろしいのは、目に見えぬ大衆の力。そして、その大衆の中に蠢いている〝裏社会の力〟である。幕府が喜多村家を利用するのは、実はその〝裏社会〟に通じているのが大きな理由だった。

儀左衛門は久右衛門の眼光に思わず、目を逸らして、

「……分かりました。自重した上で、両替商にはそう伝えましょう。その代わり、担当の若年寄・麻倉日向守《あさくらひゅうがのかみ》様には、どうかそちらからお伝え下さい。松平様にお願いしてでも」

「既に申し上げておる。だからこそ、『恵比寿屋』さん、あなたに頼んでいるのでございますよ」

久右衛門は実はもっと深いところを追及したかった。だが、あえて言わずにおいたのは、儀左衛門が居直ることによって、もっと悲惨なことが起こるからである。いや、裏では幕閣にも通じている儀左衛門の次なる行状を誘発するための罠を、

久右衛門は仕掛けたかったのかもしれない。とまれ、勘定吟味役の死は、

——米手形にまつわる不正、陰謀を隠蔽《いんぺい》するためのもの。

だったということを、儀左衛門ははっきりと感じたようだった。

七

『澤井』の暖簾を潜ったとき、胡麻《ごま》油の匂いが仄《ほの》かに漂ってきた。浜《はま》町河岸に面している天麩羅《てんぷら》懐石のこの店は、鮨屋のように旬の魚介や茸などを一品ずつ丁寧に揚げて出してくれる。

すっと伸びた白木の板を前に並んで座る客は、久右衛門と百合しかいなかった。

「話というのは他でもありません」

久右衛門は灘《なだ》の銘酒『長寿川《ちょうじゅがわ》』をひと嘗《な》めすると、すぐさま用件に入った。

「あなたにも松平様から使いが来たと思いますが、聖四郎さんのことです」

「——はい」

「上様のご様子を聞いたと思いますが、このままでは幕府の柱をシロアリが食い散らかすようなものです」

いきなり将軍家斉の批判になったので、百合は恐縮したように、久右衛門の横顔を見やった。その前の網皿に、揚げ立ての海老が一尾、さっと差し出された。揚げ方の職人は白い鉢巻きに襷がけで、まるで果たし合いにでも行くような形である。

百合は箸も持たずに、呆然と海老を見ていたので、

「熱いうちにどうぞ」

と職人が声をかけた。あっと小さく頷いて百合は海老を齧《かじ》ったが、おいしさを感じることもなく、聖四郎のことが気になっていた。

「大丈夫ですよ、百合殿。ここは、私の店も同然。揚げ方の職人も実は……松平様の手の者で、町場に散らばっている隠密の一人です」

職人は表情も変えずに聞いている。久右衛門も海老をパクリと食べてから、

「そろそろ、聖四郎さんにお出まし願いたい。そう松平様は思っているのです」

「と申しますと……」

「上様に成り代わって貰いたいとの仰せです。もちろん、上様を亡き者にするわけではありません。奥に引っ込めておくか、西の丸に移って貰い、表には聖四郎さんに出ていただくのです。影武者としてね」

「影武者……」

「といっても、いずれそのまま……ええ、そのまま、家斉公として君臨して貰おうと、松平様はお考えのようです。つまり、しぜんに成り代わらせようと画策しておいでです」

百合は胸が痞《つか》えたように目を閉じた。喜多村久右衛門が、筆頭老中の松平定信と繋がっていることは承知している。表の権力者が松平定信ならば、裏の権力者は喜多村家だといっても過言ではないからだ。

「驚くことはありますまい、百合殿。上様は元々、何事にも我慢のできない御仁でしたし、ここに来て益々、自分勝手な振る舞いが増えて参りました。いくら聡明な松平定信様でも、このまま綻《ほころ》びを繕いつづけることはできませぬ。ですから……」

「待って下さい、喜多村様。それは、聖四郎様は承知のことなのですか」

「いいえ。だからこそ、あなたに説得して貰いたいのです。松平様自身が話しても、首を縦に振りませんでした」

「それは当たり前でしょうね……」

「ええ。当たり前です。聖四郎さんの生き様には合いませぬからな。私も娘を通して、聖四郎さんの暮らしぶりや考え方はよく理解しているつもりです」

久美花が聖四郎の弟子になったのは、たまさかのことだった。娘のくせに男のよ

うに料理人になりたいなどとバカげたことを言い出したとき、まずは反対したが、

——乾聖四郎の弟子になりたい。

と切り出され、これ幸いと快諾したのだ。聖四郎を間近で見守ることができると考えたからである。

「思った以上に素晴らしい御仁でした」

「素晴らしい……」

久衛門はこくりと頷いて、

「松平様は事の真相はまだ話しておりませぬ。聖四郎さんの父親、備前宝楽流の始祖、乾阿舟とは親友とのことだが、その親友があの世まで持って行った秘密を……松平様は墓を掘り返してでも、千代田の城に運びたいのです」

「でも、私には……」

「あなただからこそ、できる。乳母のあなただからこそ……」

次々と出される帆立や鱚の天麩羅も、百合には苦いとしか感じられなかった。

その夜遅く——。

聖四郎が仕事を終えて、『百合堂』を訪ねて来た。折り入って話があると、百合

から使いが来たからであるが、影武者の話であるということは聖四郎もおよそ見当がついていた。松平定信と百合が通じていることは承知していたからである。

百合は手作りの蓬餅《よもぎもち》を用意して待っていた。だが、聖四郎は一口も食べずに、

「定信様の話ならば、いくら母上でも聞きかねますよ」

と機先を制したつもりだが、

「そうではありません。天下国家の話です」

百合が厳しく言い放った。初めて見せる顔だった。いや、遠い昔、悪いことをしたときは、遠慮なく強く叱られたことがあったが、その時の顔が沸々と蘇った。

隣室には、菊松が布団を蹴散らすような寝相の悪さで眠っている。

「――まだ、人殺しの修業などと、偽ってつきあってるのですか」

聖四郎も菊松の寝顔を見やった。百合は静かに頷いて、

「自分で得心するまで、つきあってあげるしかありません。あの『恵比寿屋』は本当に酷い人です。この子の親や姉を殺したのは、『恵比寿屋』の主人、儀左衛門といっても過言ではありません」

「……」

「もちろん、その裏には、松平定信様のご意向でも排除してしまう、老中や若年寄

がいるようです。金のためなら何でもやる人たちです。そんなことが罷《まか》り通るのは、その悪い老中や若年寄が、上様を自分たちの後ろ盾にしているからです」

「後ろ盾？」

「政事のことだから、何事も清廉潔白とはいきますまい。でも、松平様は大きな目で世の中を見ている。だからこそ、私は信頼しているのです。他の幕閣とは違います。自分たちの名誉や欲のために、上様を持ち上げているのとはね」

「……御輿になっていると言うのですか」

「御輿ならまだいい。権力を持った、放し飼いの虎みたいなものでしょう、今の上様は。だから、幕閣はご機嫌を伺ってばかり。そして、気に入られれば、人の道に外れたことでも、法に触れることでも堂々とやる。まさに厚顔無恥《こうがんむち》とはこのことです」

聖四郎とて米手形の不正に限らず、色々な悪政の断片を聞き及んではいるが、自分とは関わりないと思っていた。いや、関わりたくないと感じていた。

「ところが、そうはいかないのです、聖四郎さん……」

「どういうことです」

「私の話をきちんと聞いてくれますか」

十六の歳に赤ん坊の聖四郎を預かって四年も育てたのである。いわば、聖四郎のために人生が狂わされたといっても過言ではない。前の将軍のお手つきであり、もしかしたら、次期将軍の御生母様になったかもしれないのだ。そんな話をしたところで意味のないことだが、聖四郎と最も深く関わった人間であることに変わりはない。

「なんなりと話して下さい」

聖四郎が言うと、百合はじっと潤んだ瞳を投げかけるように、諄々と話した。

「いいですか。驚かないで下さいね。あなたは……上様の双子の弟なのです」

じっと見つめたままで百合は続けた。

「だから、あなたは上様に異変があったときには、その身代わりをせねばなりません……それが、松平定信様と乾阿舟様との密約だったのです」

「……身代わり」

驚きを隠しきれない聖四郎だったが、いつぞや江戸城で〝御膳試合〟をしたときの幕閣の様子や、家斉の態度を見て、

——もしかしたら……。

と思わないでもなかったが、まさかそれが現実として突きつけられると、ある歯《は》

痒《がゆ》さを感じざるを得なかった。

「言葉が悪いかも知れませんが、あなたは将軍の〝控え〟なのです」

自由闊達《かったつ》に生きてきたつもりだが、そのような裏があったとは、聖四郎は苛立ちよりも哀しみに襲われた。

「それが……あなたの運命《さだめ》なのです。乳母の私がこんなことを言うのはなんですが、正直、上様よりも、あなたの方が立派な人間だと思います」

「買い被りです」

「能ある鷹は爪を隠す……備前宝楽流の庖丁術にも、『鷹の爪』というものがあるそうですね。野鳥をさばく秘伝とか」

庖丁術とは大抵が、神事などにおいて、ある形に従って、まるで剣術演武を見せるように、獲物をさばく技術である。『魚鱗《ぎょりん》』『観月《かんげつ》』『鶴翼《かくよく》』『飛燕《ひえん》』などの〝式形〟があって、『鷹の爪』は、いにしえの四条流の始祖四条中納言《ちゅうなごん》しかできなかったという、いわゆる鳥の活《い》け作りである。

残酷なようだが、さばかれた鳥は苦しくないらしく、新鮮な肉や臓物を、その場で生や、焼いたり、鍋の材料にしたりして、すべてを食べ尽くすのだという。

もっとも今は、〝鉄砲焼き〟のように、唐辛子入り味噌をつけて焼くことを、唐辛子の形状から『鷹の爪』と料理名にしているが、本来は、鳥を剝ぎ取る庖丁捌きのことを言った。

「今や、幕府はすべてを、剝ぎ取らねば立ちゆかないそうです。ですから、松平様が感じている幕府の危難を……」

「待って下さい、母上」

聖四郎は憤然と話を制して、

「私はもう子供ではありませぬ。三十過ぎの大人ですから、それは事実として素直に認めましょう」

「ならば……」

「いいえ。だからこそ、はっきり言います。私が上様の代わりだなんて、とんでもないことです。それこそ御政道に反することではありませぬか」

「……」

「それに、私は定信様や母上が思っているような立派な人間ではありませぬ。旨いものに目がない料理が好きなだけの男で、女たらしの穀潰《ごくつぶ》しです。こんな男が、たとえ影武者とはいえ、将軍なんぞになったら世も末ですよ」

「そんなことはありません。あなたは……」

「いいえ。自分のことは自分が一番よく知っております。料理のこと以外では、実に下らなく、取るに足らない人間です。母上、幾ら庖丁人とはいえ、天下を料理することなんぞ、私には到底、できませんよ」

「そうではありません。あなたは、双子の兄の不行跡を正すために……いえ、新しい将軍として……」

「担がれるのならば、もっと嫌です」

「聖四郎様……私の言うことでも聞いて下さりませんか」

百合が思いを込めて見上げると、聖四郎は微笑み返して、

「母上の言うことだから聞かないのです」

「え……？」

「私が幼い頃、母上はいつも、こうおっしゃった。『あなたは、あなたなのだから、自分が思うがままに、まっすぐ生きるのですよ。ほら、あのあすなろの木のように』……その言葉が忘れられない」

そして、備前に送られてから、一度だけ、父に随行して江戸に来たとき、屋敷から抜け出して、百合の家を訪れたことがある。料理の修業が嫌で嫌でたまらず、甘えたいがためだった。

「その折、母上はなぜか、私を連れ江戸中を歩いてくれましたね。なぜか、川の普請場や大工の仕事場、それに色々な荷物を運ぶ人足が働いている所……埃《ほこり》っぽくてクソ暑い中を、一日中……」

「そうでしたね……」

「母上は、その上で、こう言ったのですよ。『世の中には大勢の色々な人がいて、支え合って生きている。将軍様やお侍は、こういう世の中の縁の下の力持ちの人々によって、将軍様やお侍でいられるのです。あなたは、ただおいしい料理を作ればよいというものではなりません。こういう人が、ふと立ち止まったときに、ほっとするような、おいしくて滋養のあるものを作らなければ、料理とは言えません。四条流だの備前宝楽流だのと、武家発祥の庖丁道も結構でしょう。でも、料理とは本来、人が明日、生きる活力のためにあるのではないですか。あなたはこれから、今見て来たような人たちが喜ぶものを作りなさい』……そう篤と話してくれた」

「……」

「あの日のことは忘れられません。私は、丁度、その菊松くらいの子供でしたが、私はその時、自分の生き様を決めた気がします。今は、名もなき大勢の人たちのために庖丁を握っていると思ってます。上様のためには、握りとうありません」

「だからこそ、あなたのような人が、人の上に立てば、政事も少しはよくなるかと……」

「あり得ません……母上。あなたには感謝しております。ですが、もう……」

「分かりました」

百合は大きく頷いて、長い溜息をついた。

「あなたの言うことはよく分かりました。でも、ひとつだけ覚えておいて下さい。人にはどうしても敵わないものがあります」

「………」

「それは時の流れです。時の流れ、その渓流の勢いのようなものが、あなたを今の流れから押し出し、人生そのものを変えてしまうことがあるのです。自分ではどうしようもないことです。もし、そのような時が来れば、逆らわず、抗わず、その場で最善を尽くすことが、人としての務めだと思いますよ」

百合はじっと見つめると、もう一度、聖四郎に向かって頷いた。

「その場で最善を……？」

「でしょ、聖四郎さん」

と百合は人々に呼ばれているとおり、〝花咲か母さん〟らしく、満開の桜のように明るく微笑んだ。

八

その翌日、菊松は茶屋に居座わり一人で『恵比寿屋』を張り込んでいた。

百合に内緒で、勝手に出て来ていたのだった。だが、

――決して、手を出してはならない。

と言われていたのだけは守っていた。しかし、目の前で『恵比寿屋』の主人を見ると、こんな奴に親と姉が殺されたのかという思いが込み上げてきて、思わず、茶店の客だった武家の脇差を奪い取って、儀左衛門に斬りかかっていった。

「おっとうとおっかあの仇だ！」

客を見送りに店先に出ていた儀左衛門は、まさか近づいて来た子供に狙われるとも思わず、驚いて逃げ惑った。が、すぐに用心棒の浪人が駆けつけて来て、あっさり菊松を捕まえた。そして、店の裏にある蔵に閉じこめたのである。

「おい、小僧。てめえ、誰に頼まれて、こんなことをしやがった」

用心棒に脅されて、菊松はぶるぶると震えていた。

「よう、誰に頼まれたか訊いてンだ。てめえ、きのうも茶屋からうちを見ていただろ。一緒にいた女が関わりあんのか」

「し、知らねえ」

「そうか。だったら、死ね」

と用心棒は刀を抜き払った。

だが、菊松は一切、口を閉じたままだった。

「ほら。命が惜しくねえのか」

「お、おら……死んでも構わねえ……死ぬのは怖くねえ。あの世には、おっとうやおっかあ、そして姉ちゃんがいるからだ。おまえたちに殺された親と姉がな」

「俺たちが殺した？」

「ああ、『恵比寿屋』に殺されたンだ」

「恵比寿屋に？」

と繰り返して、用心棒は鼻で笑って、

「そんなものは一々、覚えてねえな。それこそ『恵比寿屋』が死に追い込んだ奴なんざ、掃いて捨てるほどいるんじゃねえか」

「そ、そんなに……」

「うちのご主人様は、両替商じゃねえよ。両替商のお面を付けた〝殺し屋〟だ」

「ええ……？」

菊松はじっと用心棒たちを見上げて、

「だったら、山川という勘定吟味役を殺したのは……」

と自分の知っていることだけを話したが、用心棒はニタリと頷いて、

「やっぱり、あの時、見たのはおまえか、くそガキ。誰かに見られていた気がしたンだよ……丁度、雨だったからな。女に扮して、すれ違いざまに殺ったのだがな。御主人の米手形のカラクリに横槍を入れやがるから……そうかい。見てたのは、おまえかい」

「じゃ、百合堂のおばさんは……」

と言いかけて、口をつぐんだ。見間違いだったのだと菊松は察した。

「百合堂のおばさん？」

「いえ、何でもありません」

「誰だ、言え」

用心棒が野太い声で強く言ったとき、儀左衛門が蔵に入って来た。

「子供を脅かさずとも、もう調べてありますよ。あの女は、松平定信様や町年寄に

通じてる節がある。元々は、奥女中だったようだ」

「え？」

「だが、恐れるに足りませぬ。こっちには、麻倉日向守様がついておるのです。若年寄とはいえ、上様に、お気に入られてますからな。幕閣のほとんども、松平定信様の横柄で強権的な態度には辟易《へきえき》しているそうです。むふふ、今に泡を吹きますよ、松平様は」

「では、米手形のことも……」

「両替商に伝令せよ、などという喜多村の言うことなんぞ、聞くに及びません。いや、それどころか……」

と儀左衛門は声を潜めてニヤリと笑って、

「喜多村久右衛門も殺してしまえとの、麻倉様のお達しです。ぬかるんじゃありませんよ」

「承知した」

用心棒たちが声を揃えて頷いたとき、百合が蔵の外に立った。

「あらら、こんな所にいたのかい、菊松。だめじゃないですか、幾ら隠れん坊でも、余所様の蔵に入ったりしちゃ」

と百合は惚けた口調で菊松を連れ戻そうとしたが、それを承知する儀左衛門では
なかった。むしろ、飛んで火に入る夏の虫と、
「出かける手間がはぶけた。喜多村を殺す前に、この女から始末しなさい」
儀左衛門がそう命じた途端、用心棒は素早く刀を抜き払って、斬りかかった。百
合はそう来ると読んでいたので、帯の後ろに隠していた小太刀を抜き払い弾き返し
ながら、菊松を庇ったが、用心棒の浪人たちは必殺の構えで打ち込んできた。
「無駄な足掻《あが》きはよしなさい。妙なことに関わったと諦めるんだね」
と儀左衛門が余裕の顔で笑ったとき、用心棒の背中を押しやって、北町奉行所の
近藤が入って来た。ぐいと朱房の十手を突き出して、
「てめえらッ。言い逃れはできんぞ」
「これは八丁堀の旦那。でも、近藤様はたしか、本所廻りではありませんでしたか
な」
と儀左衛門はほくそ笑みながら言ったが、近藤は鋭く睨み返して、
「『百合堂』も、この丁稚小僧も本所の者でな。それに、松平様から直々に、この
二人の身を頼まれたと言えば、どうする」
「……ふん」

「そりゃ、バカにするだろうなあ。聞かせて貰ったぜ。おまえたちは、松平様をも狙うつもりだったんだからな」

「何とでも言いなさい。構いません。こんな町方役人、斬っておしまいッ」

儀左衛門が叫ぶと、浪人たちは一斉に斬りかかった。が、柳剛流《りゅうごう》の使い手だとは思ってもみなかったのだろう、あっという間に浪人たちの手首から先が吹っ飛んだ。悲鳴を上げながらのたうち回るのを尻目に、

「連れて帰るぜ。おう、『恵比寿屋』。後で、じっくりお白洲で吟味されるであろうから、楽しみにしてるのだな」

ぐいと切っ先を突きつけられて、儀左衛門は尻餅をつきそうになった。ぐらり傾く体を押し倒して、近藤は二人を連れて表に出た。

そして、百合と菊松を自身番まで連れて行くと、

「無茶はいけねえな、百合さんとやら。聖四郎の旦那から報せを受けてなけりゃ、あんたたち、お陀仏《だぶつ》だったぜ。しかも、こんな子供に……」

と説教をしかけた近藤は言葉を飲んだ。そして、百合に向かって、

「なあ、百合さんよ。乾聖四郎って奴は一体、何者なんだ。御老中の松平定信様とつながりがあるとの噂があるが、一体……」

「分かりません。それにしても……本当に、ありがとうございました。助けて貰って……私も菊松にはきちんと話します」

と礼を言った。

「その代わり、この子の親や姉を死に追いやった『恵比寿屋』を捕らえて、裁いて下さい。でないと、死んだ者は浮かばれません……もっと酷い目に遭う人も出て来ます」

百合が切実に訴えるのを、近藤は不思議そうに見つめていた。

九

江戸城本丸・芙蓉之間《ふようのま》に詰めていた若年寄・麻倉日向守は、町奉行や寺社奉行らを周りに侍《はべ》らせて、甲高い声で笑っていた。

何がおかしいのか、ちょっとした駄洒落《だじゃれ》でも、わざとらしく大声を上げるのだが、誰も咎《とが》める者はいなかった。さほど、麻倉日向守は幕閣からも顔色を窺われる存在だった。

そんな騒ぎの中に飛び込むように、

「はしたない真似はやめなされ。若年寄としての品格を疑われますぞ」

と声をかけたのは、松平定信であった。

「これは筆頭老中……」

麻倉は形ばかり頭を下げて、

「まだ下城されてませなんだか。すべてを自分でなさろうとせず、若い者に譲った方がよろしいのではありませぬか？」

麻倉は、定信よりも一回り程年下だったが、財務に明るいので、めきめきと頭角を現し、将軍の覚えもよいことから、端から見ても天狗になっていた。

「まだ下城……だと？」

と定信が鋭く目を投げるのへ、麻倉は薄ら笑いを浮かべて、

「はい。とうに刻限は過ぎているはずですが」

「これは無礼なことよのう。私はずっと、そこもとが来るのを待っていたのだがな、詰め部屋にて」

「私を？」

「惚けずともよろしい。使いは二度も送っておるはずだ。米手形と両替商『恵比寿屋』について、直々に問い質したき儀があるゆえ、訪ねて来るよう申しつけたはず

だが」

「ああ。これは大変なご無礼を致しました。色々と職務が重なっておりましてな、ついつい失念をしておりました」

と麻倉はポンと扇子で自分の額を打つ真似をして、ガハハと豪放に笑った。

「暇を持て余して雑談をしていたふうにしか見えなかったが？」

定信が皮肉っぽく言うのを聞き流して、麻倉は淡々と提案した。

「ならば、今、ここでお話し致しましょう」

「よいのかな？」

「一向に。臨席している御一同にも聞いて貰えれば、よろしいかと」

「では言うが、何故、米手形を金や藩札のように扱ってはならぬという達しを出したのに、無視するのか」

「無視……？」

「さよう。町年寄を通じて、町触れを出したはずだ。『恵比寿屋』には問屋肝煎として、出回っている米手形を回収するよう申しつけたはずだ。しかし、『恵比寿屋』は回収しないどころか、麻倉殿、そこもとに、今までどおりの商いを続けられるよう嘆願に来たとか」

「さよう」

「しかも、それを承諾したのは、何故でござるかな？　閣議にて決めたことを、そこもとの一存で、実行させせないのは断固、許されることではありませぬぞ」

「許されぬ……？」

麻倉の方こそ、承服できぬという顔になって、

「それはどういう意味でござるかな。誰が承服できぬと？」

「幕閣一同がだ」

「おや。そうでござるかな、皆様方」

と、芙蓉之間に残っている者たちを、問いかけるように見回した。誰も何も答えず、ただ、なんとなく俯いているだけであった。だが、定信の言い分も認めているわけではないというふうにそっぽを向き、明瞭なことは誰一人言わなかった。

「しかし、特定の両替商が濡れ手に粟で不法に儲けた上に、江戸町人にあっては、それがために一家心中に追いやられている者もいる。そんな悲惨なことをなくすのが、我々、政事を預かっている者の務めじゃ。そのことは、上様も承知しておるはずだ」

「上様が？」

と麻倉は、待ってましたとばかりに身を起こすような仕草で、「上様が、何とおっしゃっているのでございますかな？　この私には、好きにせよと申しつけて下さいました。正しいと思うことは、どんどん推し進めなければならぬ。松平様、あなたのように緊縮財政を敷いて倹約するだけでは、幕府の財政のみならず、民百姓は潤わぬと」

「潤っているのは、そこもとの懐だけであろう。上様の言葉などと、言ってもいないことを利用するのは控えなされ」

「これは無礼千万！　そこまで言われるならば、上様に直に訊いてみられるがよろしかろう。ささ、訊いてみましょう、ささ！」

麻倉は是が非でも、将軍家斉にお墨付を貰ったことだということを主張したいようだった。

麻倉はその場にいた他の老中、若年寄の賛同を得て、江戸中奥の御座之間《ござのま》にて、すぐさま将軍にお目通り叶うよう取りはからった。

普段なら御簾が下がったままだが、火急に政事の是非を訊きたいとのことで、家斉は顔を見せて鎮座していた。両側に守り刀を持って座っている小姓の赤い顔が、緊張の雰囲気を高めていた。

定信は深々と礼をしてから、麻倉の幕閣の決議を無視しての狼藉を懸命に訴えた。

将軍家斉は、目を細めたまま聞いていたが、あまり意味が分からぬというふうに首を横に振り続けていた。

「上様。お答え下さいませ。この麻倉めの言うことは真なのですか。本当に、米手形の一件は、こやつに一任すると申したのですか」

定信が喉が嗄《か》れんばかりに尋ねると、家斉はおもむろに凝視して、

「無礼者！　控えろ、定信！」

と声を荒らげた。定信はハハアとひれ伏して、少し後ろへ下がる仕草をした。

麻倉はフンと鼻で笑って、じっと推移を見守っていた。他の幕閣は頭を下げたままだった。

「もう一度、申してみよ、定信。余が、麻倉に一任すると言っただと!?　このうつけ者めが！　余は、そのようなこと、一言も言うてはおらぬ！」

エッと呆気にとられたのは麻倉の方だった。

「そんな……」

と言いかけたが、控えろともう一声飛んできたので、余計なことは言うまいと、麻倉はひれ伏した。

「余は、賄を町人に求めるような奴を断じて許すことはできぬ。麻倉がどのような出鱈目を申したか知らぬが、定信、そちが率先して幕閣一丸となって、麻倉の不正の真相を探り、徹底して糾弾せよ。それだけじゃ！」

苛ついた感じで家斉は吐き出すと、不機嫌な顔で、そのまま立ち去った。

途端、麻倉は眉間に皺を寄せて立ち上がったが、定信のみならず、他の幕閣たちも冷たい眼差しで睨んでいた。

「ま、待ってくだされ……これは何かの間違いでござる。間違いで……」

と言いかけた麻倉だが、定信が差し出した『恵比寿屋』の裏帳簿を見ると、観念したのか押し黙ってしまった。

「往生際をよくせいよ」

定信は淡々と申しつけた。

その翌朝、聖四郎は、四谷の大木戸の前に立っていた。

「――どうしても、旅に出ちゃうの」

手甲脚絆で、腰には一文字を差していた。もちろん荷の中には、出刃、柳刃、鮹《たこ》引《びき》など何本もの庖丁が入っている。

「だったら、私も連れて行ってよ」

久美花が異変を察して、追って来たのだ。

「いや。俺はしばらく江戸を離れる。いつ帰って来るかも分からぬ。だから、嫁入り前のおまえを連れて行くわけにはいかぬ」

「だって、弟子だよ」

「ならば、破門だ。久右衛門さんを継げるような立派な男を婿に貰って、江戸町人のために働くがいい。それが、おまえには一番、似合ってる」

「そんな……」

「泣くな、ばか。生きていれば、いつかはまた会える」

「でも、どうしてなの。江戸ではせっかく、備前宝楽流料理が評判になったのに」

「そうだな……俺には思うがまま、気儘に暮らしていくのが性に合ってる。それだけだ」

「本当は他に訳があるんじゃ」

「そんなものはない。達者でな」

聖四郎は名残惜しそうに唇を嚙みしめる久美花に背を向けた。

「師匠……聖四郎さん！」

久美花は大声で呼んだが、聖四郎は役人に公儀が発行した〝庖丁免状〟を見せて、大木戸を抜けた。そして、振り返りもせずに、まっすぐ甲州街道を西に向かって歩き出した。その足取りは重いものだった。

江戸を出る訳などないと久美花には言ったが、本当はあった。

定信と百合にどうしてもと嘆願されて、将軍家斉に扮して、麻倉の不正を暴いたからである。放っておけば収拾がつかなくなり、幕府が御家人などに払う米手形が、不正に使われて、信頼が失墜するからだ。

「こんなことは、最初で最後だぞ」

と念を押して、事を収めたのである。

聖四郎にとっては、人を騙したことに他ならない。たとえ悪人に対してであってもだ。しかも、将軍の双子の弟だと知らされ、己の今までの人生をすべて否定されたも同然だ。

――俺は、乾聖四郎。備前宝楽流の庖丁人だ。

ということも、嘘になってしまった気がした。聖四郎は新たな自分を作り上げるために、今一度、諸国を巡る旅に出ようと思ったのだ。旅に出て、新たな出会いを重ねなければ、新たな自分は作れぬ。そう感じたまでだ。

最後に、百合と別れるとき、もう一度、同じことを言われた。

『能ある鷹は……』

『その話ですが、母上。鷹の爪は、いや、唐辛子の方ですよ。あれは慶長《けいちょう》年間に日の本に伝わっていた。鉄砲と一緒に伝わって来ていたという説もあります。でもね、その後、百五十年も、日の本では料理に使われることはなかった。なぜでしょうかね』

文化文政の時代にあって、唐辛子味噌と魚介や野菜を和えたりする料理は広まっていた。京で言う〝てっぱい〟などであろう。

『なぜ広まらなかったか……辛いからでしょうかね』

と首を傾げる百合に、聖四郎はあっさりと言った。

『酒との相性です』

『お酒……』

『はい。朝鮮や九州の方の酒とは、合うようですが、清酒はだめです……何事も相性がある。だから、俺は江戸を離れます。本当に俺が将軍と双子ならば、それこそ火種になる。鉄砲の火種だ……幕府のお膝元にいると、またぞろ巻き込まれるでしょうからな』

『聖四郎様……』

『俺は、世の中の片隅で、勝手気儘に生きる方が性に合ってる。でも、母上。あなたから受けた恩は決して忘れません……今度のは、一度きりの恩返しです。では、達者で暮らして下さい』

そう言って、聖四郎は別れたのだった。

内藤新宿《ないとうしんじゅく》の追分《おいわけ》から甲州街道へ足を進めると、行く手の遥か遠く、青々と連なる峰の向こうに、富士山の頭がくっきり見えていた。

――もっと面白いことが起こる気がする。

先々に続く庖丁旅を思い浮かべると、聖四郎は少しだけ気が軽くなった。

秋の近づく、晴れやかな青空だった。

『鷹の爪　おっとり聖四郎事件控』（二〇〇七年五月　廣済堂文庫）に
加筆修正しました。

光文社文庫

傑作時代小説

鷹《たか》の爪《つめ》　おっとり聖《せい》四《し》郎《ろう》事《じ》件《けん》控《ひかえ》(五)

著者　井《い》川《かわ》香《こう》四《し》郎《ろう》

2016年8月20日　初版1刷発行

発行者　鈴木広和
印刷　萩原印刷
製本　フォーネット社

発行所　株式会社 光文社
〒112-8011　東京都文京区音羽1-16-6
電話 (03)5395-8149 編集部
8116 書籍販売部
8125 業務部

ISBN978-4-334-77340-3　Printed in Japan

組版　萩原印刷

お願い　光文社文庫をお読みになって、いかがでございましたか。「読後の感想」を編集部あてに、ぜひお送りください。

このほか光文社文庫では、どんな本をお読みになりましたか。これから、どういう本をご希望ですか。

どの本も、誤植がないようつとめていますが、もしお気づきの点がございましたら、お教えください。ご職業、ご年齢などもお書きそえいただければ幸いです。当社の規定により本来の目的以外に使用せず、大切に扱わせていただきます。

光文社文庫編集部

光文社時代小説文庫　好評既刊

見殺し　藤井邦夫
見聞組　藤井邦夫
始末屋　藤井邦夫
綱渡り　藤井邦夫
彼岸花の女　藤井邦夫
田沼の置文　藤井邦夫
隠れ切支丹　藤井邦夫
河内山異聞　藤井邦夫
政宗の密書　藤井邦夫
家光の陰謀　藤井邦夫
百万石遺聞　藤井邦夫
忠臣蔵秘説　藤井邦夫
御刀番 左京之介 妖刀始末　藤井邦夫
来国俊　藤井邦夫
数珠丸恒次　藤井邦夫
虎徹入道　藤井邦夫
白い霧　藤原緋沙子

桜雨　藤原緋沙子
密命　藤原緋沙子
すみだ川　藤原緋沙子
つばめ飛ぶ　藤原緋沙子
雁の宿　藤原緋沙子
花の闇　藤原緋沙子
悪滅の剣　牧秀彦
若木の青嵐　牧秀彦
宵闇の破嵐　牧秀彦
朱夏の涼嵐　牧秀彦
黒冬の炎嵐　牧秀彦
青春の雄嵐　牧秀彦
柳生一族　松本清張
逃亡 新装版（上・下）　松本清張
三国志激戦録　三好徹
ある侍の生涯　村上元三
加賀騒動 新装版　村上元三